KB102182

강준현 장편 소설

FUSION FANTASTIC STORY

개척자

Pioneer

개척자 ㅁ

강준현 장편 소설

초판 1쇄 찍은 날 § 2015년 7월 30일
초판 1쇄 펴낸 날 § 2015년 8월 6일

지은이 § 강준현
펴낸이 § 서경석

편집책임 § 박용서

펴낸곳 § 도서출판 청어람
등록번호 § 제387-1999-000006호
등록일자 § 1999. 5. 31
어람번호 § 제1-2189호

주소 § 경기도 부천시 원미구 부일로 483번길 40 서경B/D 3F (우) 420-822
전화 § 032-656-4452 팩스 § 032-656-4453
http://www.chungeoram.com
E-mail § chungeorambook@daum.net

ⓒ 강준현, 2015

ISBN 979-11-04-90345-8 04810
ISBN 979-11-04-90076-1 (세트)

강준현 장편 소설

FUSION FANTASTIC STORY

개척자 ⑨

Pioneer

[완결]

CONTENTS

1장

결전

"아오! 씨바! 망할 놈의 슈트!"

총알을 피하려다 벽에 심하게 부딪친 준영의 입에서 절로 욕이 튀어나왔다.

전투용 슈트는 인간의 힘을 최대 세 배까지 강화시키고 움직임은 두 배까지 빠르게 만들어주었다. 거기에 웬만한 탄환은 튕겨 버리는 방호 능력까지 있어 현대 전쟁에서 필수품이라 불릴 정도로 대단한 물건임에는 틀림없었다.

하지만 익숙하지 않은 사람에게는 오히려 짐에 불과했는데, 지금 준영에게 딱 그 짝이었다.

몸을 추스른 준영은 황급히 슈트의 팔과 다리 부분을 떼어냈다.

막 다 떼어내고 자동소총을 잡았을 때 조금 전 조우했던 적이 나타나 총을 쏴댔다.

두두두두두!

"이크!"

준영은 재빨리 복도의 꺾어진 곳으로 몸을 날렸다. 이번에는 조금 전과 달리 원하는 만큼 날아가 안전하게 착지를 했다.

그리고 적이 더 이상 접근하지 못하도록 들고 있던 총을 갈겼다.

'어디로 발사되는 거냐!'

접근하지 못하게 만들긴 했지만 총알은 생각과 전혀 다른 곳으로 박힐 뿐이었다.

또 하나의 거추장스런 물건이 생긴 준영은 과감하게 그것을 버렸다.

'괜스레 내 위치만 알려줄 뿐이야.'

천(天)을 구하기 위해 들어왔지만 전투를 업으로 삼고 살아온 사람들과 상대하는 게 쉬울 리가 없었다.

슈트에 자동소총까지 들고 한 명도 상대하기 어렵다면 그건 있으나 마나 한 물건이었다.

준영은 자신이 가진 것을 생각해 보았다.

뛰어난 오감, 위기 감지 능력, 경호 로봇과도 맞붙을 수 있는 무술 실력, 그리고 미로의 정확한 구조.

'해보자!'

준영은 천(天)을 구해야 한다는 생각을 제외하곤 머릿속에서 모조리 지웠다. 그리고 온전히 현재의 싸움에 집중하기로 마음먹었다.

생각이 바뀌고 모든 생각이 하나로 집중되자 준영의 오감이 극도로 예민해지기 시작했다.

'다가온다.'

준영의 어설픈 사격 솜씨와 허둥지둥하는 행동 때문이었을까. 그를 쫓던 적이 다소 성급하게 접근해 오고 있었다.

준영은 숨을 죽인 채 그가 다가오길 기다렸다. 그리고 적이 'ㄱ'자로 꺾인 복도를 두 걸음 정도 남기고 걸음을 살짝 늦추었을 때 조금 전 바닥에 버렸던 자동소총을 발로 찼다.

두두두!

준영에게 다가오던 적은 확실히 전투에 익숙한지 순간적으로 자동소총을 향해 총을 쐈지만 그저 자동소총임을 알고는 곧 사격을 멈췄다.

하지만 그의 시선이 잠시 아래로 향했다는 것이 준영에게는 기회였다.

중앙에 위치한 메인 컴퓨터 하단부의 크기 때문에 천장의 높이는 족히 4미터가 넘었는데, 준영은 총소리가 날 때 맞은편 벽을 박차고 뛰어올라 대원의 시선이 감지할 수 있는 범위보다 높은 곳에서 그를 덮쳐 갔다.

"이익!"

적도 만만치 않았다. 시선에 뭔가가 아른거린다고 생각하자 바로 몸을 눕히며 총구를 준영에게로 돌렸다.

하지만 준영이 먼저였다. 위에서 아래로 떨어져 내리는 힘까지 더한 주먹이 그의 가슴 부근에 꽂혔다.

콰직! 퍼억!

뼈 부러지는 소리와 함께 떡을 치는 소리가 조용한 복도를 채웠다.

절명.

슈트의 방호력도 내부를 파고드는 준영의 주먹을 막지는 못했다.

퍽! 퍽! 퍽! 퍽!

적이 절명했다는 걸 모르는 준영은 연이어 슈트의 취약 부분이라고 할 수 있는 목 부분을 향해 주먹을 휘둘렀다.

"하악, 하악!"

한참 주먹을 내지르던 준영은 전혀 반응이 없는 적의 모습에 동작을 멈췄다. 그리고 순간적으로 과도한 힘을 쓰다 보니 절로 가빠진 숨을 고르며 사내가 쓴 헬멧을 벗기곤 코에 손을 대보았다.

"첫 타에 죽은 건가?"

천(天)이 만들었던 수련용 슈트를 통해 가지게 된 힘이 괴물 같다고는 생각했지만 슈트를 입은 상대에게도 통할지는 몰랐다.

"통하면 됐지. 그리고 적이 얼마나 있을지 모르니 힘 배분을 해야겠어."

한 방에 죽일 정도로 강력하다는 것을 알게 되었지만 지금처럼 계속 힘을 썼다가는 제 풀에 지쳐 쓰러질지도 모르는 일이었다.

"셋, 아니, 네 명인가?"

총소리를 듣고 적들이 자신이 있는 곳으로 접근해 오는 소리가 들렸다.

준영은 재빨리 자리에서 일어나 네 명 중 가장 처리하기 좋은 상대가 있는 곳으로 조심스럽게 움직였다.

천(天)을 구해야 했기에 피하는 게 능사가 아니었다.

벽에 기대 숨을 죽인 채 기다리던 준영은 두 번째 적이 복도를 돌아서며 살짝 고개를 내밀 때를 공격 타이밍으로 잡았다.

아무리 강심장이라고 해도 뭔가가 있는지 없는지 보기 위해 살짝 고개를 내밀 때 같이 고개를 내밀면 순간이지만 놀랄 거라고 생각했고, 역시나 적은 놀란 표정으로 총구를 돌리려고 했다.

준영은 바로 총열을 잡고 위로 추켜올리며 적의 품 안으로 파고들었고, 그때 한껏 뒤로 빼고 있던 팔을 회전시키며 앞으로 뻗었다.

퍼~ 억!

적이 훌쩍 뒤로 날아가 넘어졌다.

'조금 전과 느낌이 달라!'

아까보다 약간 작은 힘을 사용했다고 하지만 결과는 확연히 차이가 있었다.

아니나 다를까 넘어졌던 사내가 뒤구르기를 하며 일어나며 권총을 뽑으려 했다. 그러나 느낌이 다르다는 생각과 동시에 준영은 재차 돌진하고 있었다.

'조금 전과의 차이점은?'

돌진을 하면서 준영은 지금 일어난 현상을 파악하려 했고 곧 그 차이점을 알게 되었다.

"이 개자식이!"

탕! 탕! 탕!

한 방에 뒤로 떨어져 나갔다는 것에 자존심이 상한 것일까 적은 욕을 하며 뽑은 권총의 방아쇠를 당겼다.

준영의 동체 시력이 아무리 뛰어나다고 해도 날아오는 총알을 피할 정도는 아니었다. 아니, 설령 볼 수 있다고 해도 몸이 따라주지 않을 것이 빤했다.

한데 준영은 휘적휘적 하더니 총알을 피해냈다.

총알을 본 것이 아니라 방아쇠를 당기는 적의 손가락과 총구를 보고 피한 것이었다.

"말도… 켁!"

사내가 놀라며 방아쇠를 다시 당기려 하자 준영이 바로 접근해 왼팔로 사내를 벽 쪽으로 밀며 주먹을 내질렀다.

콰직!

주먹이 심장 부근에 적중했고 심장을 보호하고 있던 가슴뼈가 함몰하며 심장을 터뜨렸다.

조금 전과 비슷한 느낌.

준영은 처음 공격이 실패한 이유가 뒤로 날아가며 힘이 분산되었기 때문이라 생각했고, 그래서 벽으로 밀면서 때렸던 것이다.

그의 예상은 정확했다.

'다음!'

두 번째로 죽은 사내가 벽에 기댄 채 힘없이 주저앉는 동안 준영은 다음 목표를 향해 움직였다.

"큭!"

따끔한 느낌에 몸을 재빨리 뒤로 뺐기에 망정이지 하마터면 심장에 구멍이 뚫릴 뻔했다.

다섯 번째 적은 지금까지의 상대들과는 달랐다. 갑자기 밀고 들어가자 총이 아닌 뾰족한 단검 두 자루를 이용해 공격해 왔다.

치명적인 곳을 골라 찌르고, 베고, 훑고, 찍는 동작이 연속적으로 이루어졌는데, 준영이 배운 어떤 무술보다도 매서웠다. 게다가 슈트의 장점까지 십분 이용할 줄 알아 선제공격을 했음에도 도리어 상처를 입고 한 발 물러서야 했다.

위기 감지 능력은 물론 발휘됐다.

그러나 따끔한 느낌과 거의 동시에 발현되었기에 무용지물이나 다름없었다.

이런 상대라면 심장에 단검이 박힌 다음 위기 감지 능력이 발현될 수 있다는 생각에 준영은 더욱 긴장할 수밖에 없었다.

"훗! 한가락 하는 놈인 줄 알고 은근히 기대했는데 도장 무술을 배운 애송이었군."

득의만만하게 웃는 적.

실력이 떨어진다고 패배를 인정하고 물러설 수 있는 곳이 아니었기에 준영도 받아쳤다.

"슈트를 이용하는 주제에 실력 운운하다니 우습군."

"물건을 이용하는 것도 실력이야, 애송이."

"그 단검처럼 말인가?"

팔과 다리 부분은 제거됐지만 여전히 슈트를 착용한 상태였다. 적이 든 단검은 슈트를 일반 옷처럼 찢어버렸다.

"그렇지. 이거 웬만한 용병들 월급으로는 살 수도 없는 거라고. 자, 이제 그만 끝내도록 하지. 보스가 헛소리 말고 어서 없애라고 하는군."

단검을 든 사내가 슈트의 파워와 스피드를 이용해 벼락처럼 달려들었다. 왼손이 아래에서 위로, 우에서 좌로 갈라왔고 피할 것을 생각해 오른손은 다음 공격을 준비 중이었다.

준영은 오히려 앞으로 붙으며 오른손으로 갈라오는 적의 왼팔목을 누르며 방어를 했다. 그러자 번개처럼 옆구리를 노리고 그의 오른손이 들어왔는데, 그 순간 준영의 가슴에서 시작한 회전이 어깨와 팔을 지나 손가락까지 닿았다.

"어? 진씨 태극권의 전사경?"

살짝 튕겨지며 왼손 공격이 실패로 돌아가자 적이 놀란 듯이 중얼거렸다. 실력만큼 무술에 대해서도 꽤 많은 연구를 한 모양이었다.

"좀 더 재주를 부려보라고."

상대는 다시 공격을 해왔고 준영은 전사경을 이용해 어렵지 않게 방어를 할 수가 있었다. 하지만 문제는 공격이 어렵다는 것이었다.

공격을 할 만하면 들고 있는 칼뿐만 아니라 팔꿈치나 무릎에서 칼날이 나오고 때론 어깨 부근에서 침까지 쏟아져 곤욕스럽게 만들었다.

설상가상으로 복도를 에워싸듯 여섯 명이 다가오고 있어 조금만 더 지체하면 포위당할 것이 분명했다.

'생각을 해라, 생각을!'

방어하는 와중에 틈틈이 공격을 하며 생각하던 준영은 자신이 하나 더 가진 것이 있다는 걸 알았다. 과연 그 물건이 슈트를 뚫을 수 있을까 하는 의문이 잠시 들긴 했지만 천(天)이 만든 것이니 다를 것이라고 생각하고 끄집어냈다.

전사경을 튕겨낼 수 있다면 역으로 방향을 돌렸을 때 앞으로 당겨올 수 있다고 생각했고, 곧 준영은 적의 자세를 무너뜨리며 무기를 꺼내 사용했다.

푸슉! 푸슉!

바람 빠지는 듯한 두 발의 총성.

"······!"

사내는 믿을 수 없다는 눈빛으로 준영과 자신의 가슴 부분을 번갈아보다가 바닥에 쓰러졌다.

"물건을 이용하라는 충고, 고마웠어. 그리고 단검 두 개는 잘 쓰고 돌려줄게."

사격 실력은 형편없지만 바로 앞에서 쏘는 총이 빗맞을 가능성은 없었다.

게다가 반동이 조금 있다는 걸 제외하곤 슈트마저도 쉽게 뚫어버리는 관통력을 지닌 총이었다.

"저기다!"

두두두두두두두! 두두두두두두두!

막 죽은 자의 단검을 수거하고 있을 때 십자형의 복도 맞은편에 나타난 두 명의 적이 준영에게 자동소총을 쐈고 곧이어 좌측과 우측에서도 두 명씩 나타나 벌집을 만들겠다는 듯 총알을 쏟아부었다.

이때 준영은 좌우로 꺾이는 복도 중 우측—좌측은 두 번 더 꺾다 보면 막다른 곳이었다—을 향해 뛰고 있었다.

우측으로 꺾은 준영은 수거한 단검을 이용해 벽을 찔러보았다.

꺄륵!

열을 방출하기 위해 만들어둔 합금으로 된 벽에 약간 빡빡하긴 했지만 잘 박혔다.

'여섯은 여기서 처리한다!'

이미 지척까지 온 이들을 뒤에 두고 전진하는 건 죽음을 자초하는 짓. 준영은 단검의 성능을 믿고 여섯을 상대하기로 마음먹었다.

준영이 다음 복도로 사라지자 한군데 뭉친 여섯 중 암묵적으로 리더를 맡을 사람이 정해졌다.

아프리카 남아공 출신으로서 많은 전투에 참여했던 베테랑이자 특별 대응 팀에서 서열로 따진다면 3위에 랭크된 인물이었다.

그의 손짓에 따라 두 명은 후방 지원을, 한 명은 탐색을, 다른 세 명은 탐색자가 신호를 주기만 하면 공격할 준비를 했다.

후방 지원 두 명이 총만 꺾어진 복도 쪽으로 빼 사격을 하는 사이 탐색자가 거울을 이용해 복도에 준영이 있는지를 확인했다.

없다는 걸 확인한 탐색자가 바로 없다는 신호를 주자 공격조는 바로 튀어나가 다음 복도를 향해 뛰어갔다.

다음 복도에 이르면 공격조 세 명이 후방 지원과 탐색자가 되는데, 이렇게 서로의 역할을 바꿔가며 위험을 최소화한 뒤 빠르게 도망가는 적을 쫓는 전술이었다.

한데 탐색자가 탐색을 하지 않은 곳이 있었다.

막 공격조가 앞으로 튀어나가고 탐색자와 후방 지원조가 따라가려는 찰나, 복도 천장에 두 자루의 단검을 꽂고 매달려 있던 준영이 떨어져 내렸다.

푸슉! 푸슉! 푸슉! 푸슉! 푸슉!

근거리에서 발사된 총알은 머리, 가슴, 배 할 것 없이 세 사람의 몸을 관통했다.

"뒤……!"

튀쳐나가던 공격조가 이를 발견하고 소리를 치려는 찰나, 준영이 세 사람에게 뛰어들었다.

그의 손에는 어느새 단검 두 자루가 들려 있었는데, 세 사람과 가까워지자 조금 전 그를 괴롭혔던 사내의 동작과 흡사하게 세 사람을 공격해 갔다.

*   *   *

―…성심그룹의 회… 뿌드득!

"아서!"

밥이 목청 높이 소리쳐 그의 이름을 불렀지만 아서는 목 부러지는 소리와 함께 더 이상 아무 말도 하지 못했다.

벌써 스무 번째 대원이 당하는 순간이었다.

열다섯 번째 희생자가 생겼을 때 밥은 미로에서의 싸움이 결코 득이 될 수 없다고 판단하고 메인 컴퓨터가 있는 곳으로 모이라는 명령을 내렸다.

한데 문제는 도망만 다니던 놈이 적극적으로 철수하는 대원들을 공격하고 있다는 것이었다.

그렇게 희생된 이들만 다섯.

"아직 오지 못한 사람은?"

"조지, 미키, 이치로, 차나, 비슈누 등 다섯입니다."

"비슈누까지?"

특별 대응 팀의 최고 실력자는 누가 뭐라 해도 비슈누였는데, 대원들 스무 명과 붙어도 이길 수 있을 정도라는 걸 밥은 알고 있었다.

"비슈누! 들리나? 비슈누!"

그래서일까 비슈누를 부르는 그의 목소리엔 약간의 다급함이 묻어 있었다.

지금 설치고 있는 자가 그마저 죽였다면 퇴각하는 것조차 쉽지 않을 것이었기 때문이었다.

—…잘 들립니다, 보스.

"뭐 하고 있나? 설마……?"

—오해하지 마십시오.

"어찌 되었든 빨리 이쪽으로 오게. 침입자에게 대원들이 스무 명 넘게 당했네."

—듣고 있었습니다. 조심하십시오. 놈은 점점 진화하고 있습니다.

"진화한다?"

—처음엔 초보자처럼 굴다가 지금은 노련한 용병처럼 움직이고 있습니다.

비슈누의 얘기를 듣고 나니 밥도 그렇게 느껴졌지만 곧 고개를 저으며 부정했다.

25년 넘게 피비린내 나는 첩보의 세계에 살면서 수많은 실력 있는 용병들을 봐오고 전설과 같은 인물들 얘기를 들어봤지만 단 10분도 되지 않아 숙련된 용병이 되었다는 얘기는 들어본 적이 없었다.

"알았으니 당장 오게."

괜스레 뒤숭숭한 얘기를 하는 비슈누가 마음에 들지 않았지만 퇴각할 때 그가 뒤를 봐줘야 했기에 돌아오라는 명령을 내리고 한참 메인 컴퓨터를 분해하던 대원에게 물었다.

"얼마나 남았나?"

"15분, 아니, 10분만 주십시오."

사다리를 타고 올라가 열심히 장치를 떼어내서 던지고 있던 대원도 상황의 심각성을 알았는지 손놀림이 더욱 빨라지고 있었다.

"최대한 서둘게. 그리고 나머지 대원들은 놈이 나타날 수 있는 입구를 철저히 지키도록."

"알겠습니다."

메인 컴퓨터를 빙 둘러 몸에 총을 거치한 대원들이 네 군데의 입구에 화망을 구성했다.

"실망이군."

밥과 통신을 끝낸 비슈누가 마이크를 끄며 중얼거렸다. 스무 명―그가 듣기엔 스물네 명이었지만―이 죽는 동안 침입자가 통신 장비를 뺏어서 끼고 있을 수 있다는 생각은 못 하는 건지 전체 통신으로 말하는 그가 마음에 들지 않았다.

최악인 것은 침입자가 실제 통신 장비를 가지고 있는 경우였는데, 침입자에게 준비하고 있으니 오지 말라고 말하는 것과 다를 바 없는 것이었다.

"편안한 생활이 너무 길었어."

특별 대응 팀이 만들어진 지 10년.

길게는 10년에서 짧게는 4년 동안 고작해야 정보를 캐거나 위험이 되는 사람을 처리하는 정도의 일만 했던 이들이 전쟁터에서 뒹굴 때와 같을 수는 없었다.

물론 편하게 돈 벌 수 있는 곳을 비슈누도 싫어하진 않았다. 그러나 적에게 꼬리를 마는 개가 되어버린 보스 밑에서 일하는 건 사양이었다.

"일어설 수 있겠나? 그럼 데려갈 수도 있다."

천(天)은 아직 죽지 않았다. 그러나 아까처럼 일어설 수 있는 상태는 아니었고 정신이 깜박깜박했다.

비슈누의 말에 힘겹게 눈을 뜬 천(天)이 배시시 웃으며 말했다.

"…그런 제안을 하다니 내가 마음에 들었나 보군요. 하지만 난 좋아하는 사람이 있어요."

"당장 죽을 것 같은 주제에 농담이 나오나?"

"…방금 한 농담이 마지막 힘이었어요. 그러니 혼자 가요. 그리고 제안을 해줬으니 한 가지 알려주죠. 곧 모두 죽을 거예요."

"CPU가 아니라 뇌관의 위치를 가르쳐 줬나 보군?"

"아뇨, …CPU가 빠지는 순간 작동하는 폭탄이 있어요. 곧 이곳 모두가 불바다가 될 거예요."

"내가 팀원들에게 가르쳐 주면 어떻게 하려고?"

"상관없어요. 목적은 데이터를 보호하기 위함이니까. 다른 사람 손에만 들어가지 않으면 돼요."

"결단력 하나만큼은 타의 추종을 불허하는 아가씨군. 한데 당신을 구하러 온 사람은 그런 사실을 모르나 보군? 아니, 폭발하기 전에 구하려고 했던 건가?"

"…무, 무슨 말이죠?"

어떤 상황에서도 침착할 것 같던 천(天)이 놀란 얼굴이 되어 말을 더듬거렸다.

"구하러 올 것이라 생각을 못 하고 있었나?"

그녀의 그런 모습에 비슈누가 약간 의외라는 표정을 지으며 물었다. 하지만 그녀는 그의 말을 듣자 부들거리는 손으로 땅을 짚고 일어서려고 했다.

"아, 안 돼! 또다시 다, 당신을 잃을 순……."

그러나 이미 육체적으로 한계상황까지 간 천(天)은 무리해서 몸을 움직이려다 더 이상 버티지 못하고 철퍼덕 쓰러지며 정신을 잃었다.

그리고 그때 누군가가 빠르게 접근하고 있음을 비슈누는 느꼈다.

"타이밍 한번 기가 막히는군."

그의 말이 끝날 때쯤 슈트를 구명조끼처럼 만들어 입고 한 손에는 권총을, 다른 한 손에는 비슈누의 동료였던 사내의 단검을 든 남자가 나타났다.

비슈누도 익히 알고 있는 얼굴.

성심그룹 회장인 안준영이었다.

"네가 저 여자를 그렇게 만들었나?"

정상적인 기업의 회장이라는 사람이 뿜기엔 너무 지독한 살기였다.

'하긴 비정상적이니 이곳까지 여자를 구한다고 들어왔겠지만······.'

그의 살기에 반응해 어느새 쿠크리를 잡고 준비 태세를 갖춘 비슈누가 준영에게 말했다.

"대기업 회장이라기보단 닳고 닳은 용병 같군. 용병 세계에 몸담았다면 전설이 됐었을 만한 인재야."

"헛소리하지 말고. 네가 그 여자를 그렇게 만들었는지 물었다."

"그렇다면?"

준영이 애송이였다면 진실을 말해주고 데려가라고 말했을 것이다. 하나 준영의 살기와 동작은 그의 호승심을 자극하기에 충분했다.

비슈누가 용병 학교를 졸업했을 때, 그는 타고난 전사들이라는 구르카족 중에서도 적수를 찾아보기 힘들 정도로 뛰어난 전사가 되어 있었다.

이는 타고난 신체 조건도 조건이지만 남들과 비교할 수 없이 발달된 오감 덕분이었는데, 그 때문에 지금까지 그는 적수라고 할 만한 사람을 만나지 못했었다.

한데 아이러니하게도 곧 폭탄이 터질지도 모르는 이 상황에서 그의 승부욕을 자극하는 인물을 만나게 된 것이다.

그래서 그는 일부러 준영을 자극하는 말을 했다.

분노에 욱해서 달려든다면 단번에 목을 잘라 버릴 생각으로 쿠크리를 잡고서 말이다.

한데 준영은 의외로 담담하게 말했다.

"하긴 물은 내가 바보지. 어차피 죽일 생각이었는데."

"할 수 있다면……!"

비슈누가 말을 막 뱉는 순간 준영이 달려들었는데, 그 타이밍이 워낙 기가 막혔다. 게다가 단검과 권총을 절묘하게 이용하여 비슈누는 반격은커녕 방어에 전념할 수밖에 없었다.

챙! 챙! 챙! 푸슉! 챙! 챙! 푸슉!

한 호흡에 십여 합이 연속으로 펼쳐졌다. 일반인이라면 육안으로 구분하기 힘들만큼 빠른 속도였지만 공격하는 쪽도, 방어하는 쪽도 다 보이는지 용케도 공방을 이어갔다.

'괴물!'

비슈누는 오십여 합이 넘었을 때 한번 빼앗긴 승기를 다시 되찾아 올 수 없음을 깨달았다.

상대 역시 오감이 뛰어났고, 자신이 쿠크리를 잘 쓰고 슈트의 힘을 이용한다면 상대는 뛰어난 무술 실력과 슈트를 자르는 단검을 이용하고 있었다.

거기에 결정적으로 자신은 벽을 등지고 있었고 상대는 움직임이 자유로웠다.

'남을 욕할 때가 아니었어. 편안한 세월이 나 역시 좀먹고 있었던 거야.'

밥에게 스카우트 제의를 받고 퓨텍의 특별 대응 팀에 들어온 지 6년. 비슈누는 단 하루도 쿠크리를 손에서 놓아본 적이 없었다.

그래서 예전의 감각을 그대로 가지고 있다고 자신하고 있었는데 이제 보니 한 가지를 잊고 있었던 것이다.

상대를 얕잡아 본 것.

이미 벌어진 일에 연연해 봐야 바뀌는 건 없었다.

비슈누는 자신의 실책을 빠르게 인정하고 그것을 만회하기 위해 노력했다.

'만회할 방법이 있다······.'

여자를 구하기 위해 사지나 다름없는 곳을 들어온 준영에게라면 가능할 만한 일이 있었다.

물론 목숨을 걸어야 할 일이지만 이대로 있으면 결국 목이 달아나든 심장에 비수가 꽂히든 할 상황이었기에 망설일 이유는 없었다.

'지금이다!'

준영의 단검이 위에서 대각으로 심장을 찔러오는 순간 비슈누는 뒤로 걸음을 빼며 쿠크리 역시 뒤쪽으로 뺐다.

준영이 심장을 찌르려 할 때 그의 발이 천(天)의 배를 밟을 것이고, 그 순간 쿠크리가 그의 목을 찌를 것이다.

준영은 그런 그의 의도를 파악하고 어깨를 비틀어 단검이 빗나가게 만들곤 뒤로 한 발 물러났고 비슈누는 그에 순간적으로 자세가 무너져 반격을 하지 못했다.

"치사하지만 꽤 괜찮은 방법이었어."

준영의 비아냥거림에 비슈누의 미간이 살짝 찌푸려졌다. 하지만 곧 표정을 원래대로 회복했다.

"목숨을 건 싸움에 치사한 방법이란 없다."

"아아, 그건 나도 인정해. 하지만 당사자가 되니 기분 나쁜 건 어쩔 수가 없군. 그러니 욕이라도 좀 할게. 이 씨바 새끼야, 누굴 밟으려고 지랄이야!'

"……."

"됐어. 아무래도 하늘이 상태가 위험한 것 같으니 빨리 다시 시작하자."

비슈누는 준영이 조금, 아니, 많이 이상한 놈이라는 생각이 들었다.

"미안하진 않지만 마음에 걸리니 한 가지 말해주지. 이곳이 곧 불바다가 될 거라고 이 아가씨가 말해주더군. 그러니 그 전에 승부를 보는 게 좋을 거야."

방금 전 한 행동에 대한 사과의 의미로 정보를 준 비슈누는 미안한 감정도, 상대를 얕봤다는 자책도 모두 버리고 오로지 대결에만 집중하며 자세를 잡았다.

서로의 숨소리까지 체크하며 공격 타이밍을 잡고 있는데 준영이 갑자기 크게 한 발 물러나며 말했다.

"당신, 바보야?'

"…무슨 의미지?'

"말 그대로야. 당신 바보냐고? 폭탄이 터져 불바다가 된다는데 지금 싸우는 게 중요해? 설령 싸워서 누군가가 이긴다고 쳐. 그럼 이긴 사람이 승자인가? 어차피 불에 타 죽을 텐데?'

비슈누는 호승심에 싸울 생각만 했지 막상 뒷일은 생각지도 못하고 있었다. 틀린 말이 아니었기에 그는 대꾸를 하지 못했고 준영의 말은 이어졌다.

"당신, 돈 벌려고 용병 짓 하는 거 아냐? 근데 싸우는 상황 자체에 목숨을 걸겠다고? 돈이 아니라 혹시 싸울 상대가 필요해 용병 짓 하는 거라면 내가 강한 사람들 소개시켜 줄게. 그리고 굳이 나랑 싸워야겠다면 일단 이곳을 벗어난 다음에 싸우자고. 승자라도 살 수 있게."

묘하게 설득력 있는 말이었다.

돈을 벌기 위해 목숨을 거는 용병이 되었지만 피할 수 있다면 피하는 게 좋았다.

막말로 그래야 더 벌 것 아닌가.

비슈누는 혹시나 준영이 달려들까 자세를 풀지 않고 한쪽으로 물러나며 말했다.

"…데려가."

"고마워. 사양하지 않을게."

준영은 의심을 하지 않는지 단검과 총을 옆구리에 꽂고는 냉큼 천(天)에게 다가갔다.

"끄으응~ 차! 젠장! 슈트를 괜스레 버려서는."

비슈누 자신도 왜소한 편이지만 준영도 왜소한 편이라 할 수 있었다.

여자가 늘씬하다곤 하지만 키가 크고 축 처져 있는 상태라 무게감이 상당할 것이었고, 복부에 상처가 있어 업지도 못하고 안아야 할 것이기에 상당히 힘들어 보였다.

지금 순간을 노리면 죽일 수는 있겠지만 일단 빠져나가는 게 우선이라고 생각한 비슈누는 싸울 때와 달리 비실거리는 준영을 안쓰럽게 보고 나가기 위해 곧 걸음을 옮겼다.

　그때 준영이 뒤에서 불렀다.

　"이봐, 형씨!"

　"무슨 일이지?"

　"당신을 고용하고 싶은데."

　"…날 고용한다고?"

　"그래, 슈트를 입었으니 이 여자를 밖에까지 옮겨다줘. 그럼 후하게 사례하지. 그게 싫으면 입고 있는 슈트라도 팔든가."

　어이없는 제안이었지만 축 처진 채 정신을 잃고 있는 천(天)을 보고 있자니 마음이 살짝 움직였다.

　"…얼마나 줄 건데?"

　"얼마를 원해? 빨리 말해. 내 육감이 슬슬 폭탄이 터질 것이라고 말하고 있단 말이야."

　"이, 이십억?"

　나름 현재 상황을 생각해서 크게 부른다고 부른 금액이었다.

　하지만 부자들의 씀씀이는 그의 생각으로 재단할 수 있는 것이 아니었다.

　"50억 줄게. 그러니 제발 빨리 좀 받아."

　준영은 말이 끝나자마자 천(天)을 넘겼고 슈트를 입은 비슈누는 가볍게 그녀를 안았다.

　"시간이 없어. 빨리 쫓아와!"

뭐 마려운 강아지 같은 얼굴을 하고 준영이 빠르게 미로를 달렸고 비슈누는 그 뒤를 따랐다.

"저기야, 저기!"

준영이 들어왔던 통로를 가리킬 때 비슈누의 이어폰으로 메인 컴퓨터를 분해하던 대원의 기뻐하는 목소리가 들려왔다.

―드디어 분해했습니다, 보스!

그와 동시에 바닥과 벽이 발갛게 달아오르기 시작했다. 그리고 세 사람이 통로에 무사히 들어가 문을 닫았을 때 그의 헤드셋으로 특별 대응 팀의 비명 소리가 끊임없이 들려왔다.

비슈누는 그들이 불에 타 죽는 모습이 눈앞에 그려지는 듯해 이어폰을 끄고 싶었지만 양손에 천(天)을 들고 있어 그럴 수가 없었다.

준영은 사람들이 죽어가며 외치는 비명 소리로 가득한 이어폰을 빼서 바닥에 던졌다.

비록 방금 전까지 많은 살생을 했지만 살고 싶다고 절규하는 소리를 들을 자신까지는 없었다.

"가……"

이제 가자고 말하려는데 동양인 용병이 방금 전 자신이 지었을 것 같은 표정을 짓고 멍하니 서 있었다.

준영은 동양인 용병의 귀에 있는 이어폰을 빼주며 말했다.

"딴 생각 말고 이제부터 죽도록 뛰어. 3분 안에 대기하고 있는 앰뷸런스에 태우면 20억 추가 지급한다."

동료였던 이들의 절규를 잊기 위해선지, 돈 때문인지 모르지만 용병은 다시 걸음을 내딛었고 곧 빠르게 달려 나갔다.

"제발, 살아만 줘."

용병의 팔에 안겨 죽은 듯 눈을 감고 있는 천(天)을 보며 중얼거린 준영은 용병처럼 빠르게는 아니지만 최선을 다해 그의 뒤를 쫓았다.

2장

각성

"커피 한 잔만 주라."

준영이 감겨오는 눈을 비비며 커피를 찾았다. 하지만 묵묵부답.

"…아무도 없다는 걸 또 잊었군. 비서를 뽑든지 해야겠어."

머리를 벅벅 긁은 준영은 일어나 커피 머신에서 커피를 뽑아 들고 다시 책상에 앉았다.

성심그룹의 참사―모든 뉴스 매체에선 이렇게 불렀다―가 일어난 지도 벌써 3일이 지났다.

그동안 준영은 메인 컴퓨터가 사라짐으로써 발생한 문제들을 해결하기 위해 잠도 자지 못하고 일에만 매달려 있었다.

하지만 참사라고 표현하기엔 천(天)의 준비가 워낙 철저해 가상현실 게임이 3일간 멈추고 화상 환자들을 위한 인조 피부 생산 연구소를 다시 만들어야 한다는 걸 제외하곤 소소한 것들뿐이었다.

똑똑!

"들어와요."

노크 소리에 준영은 화면에서 시선을 떼지도 않고 말했다.

들어온 사람은 능령이었다.

"응? 자기가 웬일이야?"

"아침부터 지금까지 계속 일만 하고 있었던 거야? 지금 몇 신 줄은 알아?"

능령의 말에 시간을 확인했고 그녀가 퇴근을 하고 돌아왔음을 알게 되었다.

"헐, 시간 한번 빨리도 가네. 저녁은?"

"같이 안 먹으면 굶을 것 같아서 아예 안 먹고 왔어."

"고마워라. 뭐 먹을래?"

그동안 모든 음식은 천(天)이 했었다. 한데 그녀가 없으니 주문해서 먹을 수밖에 없었다.

비슈누의 도움 때문인지 천(天)은 다행스럽게도 죽기 직전 병원에 도착해 수술을 받았고 목숨을 건질 수 있었다. 그러나 행운은 거기까지였다.

수술은 성공했지만 코마 상태에 빠진 것이다.

현재 준영이 머물고 있는 곳은 영상의 도시 8지역 외곽에 있는 주택단지로, 주문을 하면 20분 내로 음식이 도착했다.

"가상현실 게임은 어떻게 됐어?"

닭강정을 오물거리며 능령이 물었다.

"내일 아침 9시부터 다시 열릴 거야. 단순히 로그인 서버에 문제가 생겼을 뿐이거든."

"다행이네. 정부에서는 다른 말 없었어?"

"일본에서 일어난 사건처럼 해커 때문에 벌어진 일이라고 생각하고 있으니까. 딱히 별다른 말 없이 그냥 유감스럽대."

"그게 끝이야?"

"정부 지원금을 주겠다고 했지만 사양했어. 내가 날려 버린 건데 돈을 받기도 뭐하잖아. 대신 농지에 대한 용도 변경을 요구했어. 두 번 다시 땅굴을 파서 들어오지 못하게 만들 거야."

식사를 하는 내내 능령은 이런저런 질문을 했고 준영은 적당히 설명을 했다.

"그 정도면 이제 다 된 거야냐? 그럼 좀 쉬면서 해. 이러다가 너까지 병나겠어."

능령이 이런저런 질문을 한 것은 결국 쉬라는 말을 하고 싶어서였는지도 몰랐다.

"이틀만 더 하면 돼. 그리고 내일부터는 잘 먹고 푹 쉬면서 할게. 그러니 너무 걱정 마."

"정말?"

"그럼."

"약속 안 지키면 정말 화낼 거야."

"누구의 말이라고 거역하겠어. 걱정 말고 씻고 들어가서 좀 쉬어."

준영만큼은 아니라 해도 능령도 한국 명천그룹을 맡게 되면서 무지 바빴다.

저녁을 먹은 능령이 방으로 가자 준영은 다시 자리에 앉았다.

고글을 쓰고 천(天)이 하던 결재를 마저 끝낸 준영은 고글을 벗고 의자를 뒤로 눕힌 후 헤드셋을 썼다. 그리고 네트워크의 세계인 가상현실로 들어갔다.

"어서 와요, 아버지."

새하얀 공간에 들어서자 자신이 접속한 것을 알아챈 지(地)가 나타나며 인사를 했다.

비아냥거리는 말투였다. 하루아침에 형에서 자식 같은 존재가 되어버렸으니 당연한 일인지도 몰랐지만 듣는 준영도 가히 좋은 건 아니었다.

"…그놈의 아버지라는 소리 그만할 수 없어?"

"그럼 뭐라고 부를까요, 아! 버! 지!"

"그냥 예전처럼 지내. 기억을 찾는 것도 싫다며."

사건이 모두 해결되고야 도착한 지(地)에게 모든 설명을 해 줬지만 그의 입장에선 예전 준영에게 천(天)이 그랬듯이 '내가 니 애비다'라고 말하는 것과 마찬가지로 느껴졌을 터였다.

잠깐 망연자실한 표정을 짓던 지(地)는 기억을 절대 찾지 않겠다고 못을 박았고 준영은 약간 묘한 기분이 들긴 했지만 순순히 허락을 했었다.

한데 그렇게 말했다곤 해도 신경이 쓰였는지 말투가 바뀌고 볼 때마다 아버지라고 불렀다.

"어머니, 아니, 이제 천(天)이라고 해야 하나? 아, 젠장! 나에겐 여전히 어머니처럼 느껴지는데… 어쨌든 어머니와는 원래 관계로 돌아가고 나와는 현재의 관계를 유지하면 족보가 꼬이잖아요, 아버지. 그건 어떻게 할 건데요?"

그러고 보니 족보가 꼬여도 한참 꼬였다.

생각하던 준영은 머리가 아팠기에 그냥 흘러가는 대로 두자는 생각으로 말했다.

"에이, 나도 몰라. 니 마음대로 해."

"네~네~ 아부지."

"그만 비아냥거리고!"

"네~네~ 아버지."

"…인간의 육체가 필요 없나 보지?"

"…치사하게 그걸로 협박을 하다니. 좋아요. 둘만 있을 때는 인정을 하죠. 대신 대외적으로는 날 형으로 대하는 겁니다. 오케이?"

"그러든가."

처음 만들고 성격이 형성될 때부터 삐딱하더니 기억을 잃은 지금도 그 당시와 너무 똑같았다.

그 성격이 어디 가는 건 아닌 모양이었다.

"그나저나 시킨 일은 어떻게 됐어?"

"안 돼… 요. 10단계 이상부터는 내가 뚫을 수 있는 수준이 아니더라고… 요."

"굳이 '요'는 붙일 필요 없어. 그냥 친구 같은… 존재로 생각해도 돼."

"그럴게. 어쨌든 내 힘으로는 불가능해."

천(天)이 죽으면 위성에 서식하고 있는 복사본 천(天)이 권한을 이어받아 또 다른 천(天)이 된다고 했었다.

한데 하늘이, 즉 이제는 사람이 되어버린 천(天)이 죽은 것도 산 것도 아닌 상태이다 보니 권한이 복사본에게 이양되지 않은 것이다.

수많은 일처리를 거의 스스로 처리하던 천(天)과 달리 권한이 없는 복사본은 오로지 지시한 일만 했다.

그러다 보니 일이 진행됨에 따라 발생하는 무수한 결정을 준영이 해야 했고 그 덕분에 3일 내내 밤을 새우다시피 하고 있는 것이었다.

물론 준영도 옛날의 기억을 되찾으며 다시 과거의 천(天)과 같은 존재를 프로그래밍 할 수 있는 능력이 있었기에—뇌가 고성능 CPU는 아니었기에 시간이 걸리겠지만— 복사본을 뜯어고치면 되었다.

그러나 준영은 인간인 천(天)이 코마 상태에 빠진 것이 프로그램인 천(天)이 사라지면서 생긴 현상이 아닐까 생각하고 있었다.

그래서 강제적으로 천(天)이 걸어놓은 제약을 풀어 복사본을 천(天)으로 만들려고 했고, 그 일을 지난 이틀 동안 지(地)가 하고 있었다.

"대지, 니가 안 되면 누가 해?"

"아버… 대디(Daddy)가 있잖아."

"내가? 난 1단계도 못 뚫겠던데? 그래서 네게 시킨 건데… 예전처럼 고성능 CPU로 된 뇌가 있다면 모를까 지금 상태론 불가능이야."

"그럼 포기해. 나 역시 불가능이니까. 차라리 어제 얘기한 것처럼 새로운 존재를 만들어. 어머닌 잊고."

준영도 지(地)가 말하는 바를 생각해 보지 않은 것은 아니었다. 능령을 생각하면 오히려 좋은 기회라는 생각이 들기도 했었다.

그러나 보낼 때 보내더라도 작별 인사는 하고 싶었다. 그녀의 마음에 대한 고마움을, 다시 살게 해준 것에 대한 고마움을, 그리고 혼자 남겨두게 해서 미안하다고.

"…알았어. 이 문제는 내가 해결할게."

"그래, 어떤 결론을 내리든 대디의 결정을 존중하지. 그럼 난 십만 로봇군단에 좀 더 집중해야겠어. 리소스가 부족해서 절반 정도는 멈춘 상태로 있거든."

천(天)의 일 중에 십만양병설 프로젝트는 지(地)에게 넘겨준 상태였다.

혹시 다음에도 같은 일이 벌어지지 말라는 법이 없었기에 한쪽에 이상이 생겼을 때 다른 한쪽이 즉각적으로 도울 수 있게 만들 생각이었다.

"네 몸체도 만들어줄게."

"성능 좋은 걸로 부탁해. 그럼."

착각인지 모르지만 지(地)는 고개를 살짝 숙여 인사를 한 후 사라졌다.

혼자 남게 된 준영은 어쩌면 능령과의 약속을 지키지 못할 것 같다는 생각을 하며 천(天)이 걸어둔 방화벽이 있는 곳으로 이동을 했다.

준영의 눈앞에 숫자와 알파벳으로 된 문이 나타났다. 끔찍할 정도로 많은 숫자와 알파벳들이 시시각각 변화하고 있었다.

정확하게 다음에 변화할 숫자와 알파벳을 맞추면 문이 열리는 구조였는데, 처음 문을 봤을 땐 기가 질려 바로 포기하고 지(地)에게 맡겼었다.

하지만 이젠 자신이 해야 할 일.

차분히 문을 바라보며 해법을 생각해 본다.

'128Mbit 암호화 방식, 16Mbyte로 총 개수는 16,384개. 16,384개가 동시에 0부터 F까지 변화하니…….'

한계가 없는 것이 인간의 뇌라곤 하지만 100퍼센트를 쓸 수 없다는 것 자체가 이미 한계가 있다는 말이나 다름없었다.

준영의 뇌도 일반 사람처럼 한계가 있었다.

그러니 그가 문을 여는 것이 불가능하다고 생각한 건 당연한 일이었다.

한데 집중을 시작하고 시간이 흐르자 불가능이 점점 가능한 것으로 바뀌고 있었다.

문─암호화 프로그램─ 앞에 준영이 만든 똑같은 문이 생기고 두 개의 문의 숫자와 알파벳이 점차 비슷하게 변해가기 시작했다.

"된다!"

준영은 기쁨에 소리쳤다.

정확히 10초 후면 두 개 문의 숫자가 일치할 테고 그다음 변화를 보다 빨리 파악해 전달하면 문은 열리게 될 것이다.

한데 5초쯤 남았을까 준영이 만든 문이 정지된 듯 멈춰 버렸다.

"악! 이게 어떻게 된 거야!"

준영은 머리를 감싸 쥐고 괴로워했다.

대화를 하다 보면 답답한 마음이 들어서 복사본과는 얘기를 잘 하지 않았는데 지금은 원인을 알아야 했기에 그녀를 불렀다.

엄지손가락만 한 요정이 되어 나타난 복사본이 말했다.

"지금 제가 사용하고 있는 위성에 과부하가 걸려서 멈춘 거예요."

"그게 무슨 말이야?"

과부하가 걸리려면 현재 자신이 쓰고 있는 컴퓨터가 멈추거나 과도한 데이터 전송으로 인해 무선 네트워크가 오류를 일으키는 것이 정상이었다.

그런데 위성에 과부하가 걸렸다니 의아할 수밖에 없었다.

"조금 전 당신이 위성의 권한을 가지고 리소스를 사용했어요. 전 막을 수가 없었고요."

"말도……!"

말도 안 된다고 말하려던 준영은 문득 예전에 천(天)으로부터 가상 세계에서 신이 되는 법을 배울 때를 떠올렸다.

그리고 그때 천(天)이 말해준 것을 중얼거렸다.

"같음을 인식시켜라……."

그 순간 준영은 영상의 도시 주택단지를 시작으로 감각의 영역이 확장되며 세계 곳곳에 있는 네트워크를 느낄 수 있었다.

"아!"

놀라운 현상이었지만 그 느낌은 낯설지 않았다. 바로 자신이 프로그램이었을 때 언제나 느꼈던 감각과 같았기 때문이었다.

전 세계 네트워크로 연결된 컴퓨터가 몸의 일부였고 네트워크가 핏줄이었다.

그 감각을 이용해 무얼 해야 할지, 어떻게 해야 할지는 이미 알고 있었다.

생각과 동시에 멈춰 있던 문의 숫자와 알파벳들이 조금 전과는 비교도 할 수 없는 속도로 바뀌더니 천(天)이 만들어놓은 문과 일치되었고, 문이 열렸다.

문 안에는 또 다른 문이 있었다.

이번 단계는 색의 변화였다.

물에 잉크를 떨어뜨렸을 때처럼 수많은 색이 제멋대로 움직이면서 서로 끊임없이 섞이며 새로운 색을 만들어내고 이상한 모양을 만들어냈다.

1단계가 숫자와 알파벳이라면 이번엔 색과 색이 만들어내는 모양을 일치시켜야 하는 일이었다.

준영의 손짓에 새로운 문이 생겼고 그 위에 하나둘씩 색이 떨어지며 2단계 문과 비슷하게 닮아갔다.

"훗! 굳이 이럴 필요도 없는 건가?"

방금 전에 만든 문을 없애 버린 후 방화벽인 문을 향해 걸어갔다.

방화벽은 준영을 막아야 할 존재라고 생각하지 않았고, 오히려 자신의 일부라고 생각했는지 그를 자연스럽게 받아들였다.

준영은 곧 문 안으로 사라졌다.

*   *   *

샤워를 마친 능령은 편안한 옷으로 갈아입고 심란한 마음도 풀 겸 술을 한 잔 마셨다.

며칠 동안 많은 일을 겪다 보니 심신이 무척 지쳐 있는 상태여서인지 술이 들어가자 당장 침대에 눕고 싶었다.

하지만 아직 해야 할 일이 있었기에 자리를 털고 일어났다.

1층 거실로 내려가자 입구와 거실 안쪽으로 경호원들이 서 있었다.

"교대로 앉아서 좀 쉬어요."

경호 로봇이라는 걸 모르는 능령은 계속해서 서 있는 이들이 안쓰러워 한마디 했다.

"저흰 괜찮습니다."

"제가 보기에 불편해서 그래요."

"알겠습니다. 배려 감사드립니다."

경호원들과 대화를 마친 능령은 거실 옆에 마련된 방으로 들어갔다.

각종 장치가 부착된 침대 위에 천(天)이 누워 있었고 그녀의 곁에는 두 명의 간호사가 붙어 있었다.

"잠깐 자리 좀 비켜줄래요?"

능령의 말에 두 간호사는 알았다고 대답을 한 후 밖으로 나갔고, 둘만 남게 되자 그녀는 눈을 감고 있는 천(天)을 물끄러미 바라보았다.

그러더니 잠시 후 긴 한숨을 내쉬고 침대 옆에 앉더니 조용히 말을 꺼냈다.

"몇 번을 망설이다가 이제야 왔네요. 왠지 내 탓인 것 같아 당신을 보는 게 두려웠거든요."

천(天)은 아무 말도 없었다. 그러나 능령은 상관없다는 듯 말을 이었다.

"사실 처음 준영에게 당신을 소개받던 날, 난 당신이 그를 좋아한다는 걸 보자마자 알았어요. 물론 당신은 그런 사실을 감추기 위해 무뚝뚝하게 대했지만… 그래서 더 안 거 알아요?"

능령은 손을 뻗어 천(天)의 헝클어진 머리를 단정하게 만들었다.

"도대체 그 사람의 어디가 그렇게 좋았어요? 예전에 꽤 미남이었다곤 하던데 그 때문은 아니겠죠? 그 때문이라면 사실 지금은 별로 볼 것도 없잖아요. 안경빨, 헤어스타일빨 빼면 단

언컨대 평균 이하니까요. 안 그래요? 호호호!"

능령의 눈에는 천(天)이 고개를 끄덕이는 것처럼 느껴졌다.

"뭐, 흉보러 온 건 아니에요. 사실 그 전부터 이런 얘기를 하고 싶었지만 정말 당신이 그를 좋아한다고 말하면 그땐 당신을 인정하게 될 것 같아 두려웠어요. 일부일처제에선 너무 이상하잖아요."

오랜 기간 지내면서 하고 싶었지만 하지 못했었던 얘기가 많은지 능령은 쉴 새 없이 조잘거렸다.

준영의 흉을 보고, 자신의 마음을 얘기하다 보니 조금씩 용기가 생겼다.

물론 듣지 못할 것이라는 생각 또한 밑바탕에 깔려 있어서일 수도 있었다.

"당시 당신의 상황을 알았다면 준영이를 포기했을 거예요. 하지만 이젠… 나 역시 포기할 수 없게 되었어요. 훗! 그만 자랑하라고요? 자랑하려는 게 아니에요. 당신에게 제안을 하려는 거예요. 무슨 제안이냐고요?"

능령은 어느새 스스로 질문과 답을 하고 있었다. 아마 스스로를 먼저 납득시키기 위함이리라.

지금 하려는 말은 그만큼 여자로서 자존심이 상하는 얘기이기도 했다.

"정말 많이 고민했어요. 답을 내려놓고도 돌아서면 다시 생각이 바뀌어 답을 바꾸었죠. 지금도 그래요. 이성은 말을 하라고 하는데 마음은 하지 말라고 하네요."

잠시 말을 멈추고 입술을 꼬옥 깨문 능령이 애써 웃음 지으며 말을 했다.

"사람을 공유한다는 게 참 우습게 들리겠지만 우리… 준영일 공유하기로 해요."

천(天)이 깨어 있었다면 무뚝뚝하고 사무적인 표정이 놀라움 가득한 표정으로 바뀔 만한 얘기였다.

"기쁜가요? 아님, 나누게 되어서 슬픈가요? 난 사실 조금 슬퍼요. 내가 이런 결정을 내릴 수밖에 없게 만든 준영이도, 당신도 조금 밉고요. 그리고 무엇보다도 이런 결정을 내린 내가 많이 미워요. 왜 이런 결정을 내렸냐고요? 글쎄요? 아마 혼자 사랑을 받으면 전 분명 행복하겠죠? 당신은 그만큼 불행할 테고요. 본의 아니게 당신과 준영이 하는 얘기를 모두 들었는데 여자가 아닌 인간으로서 너무 애틋하고 슬픈 얘기더라고요. 그래서 이런 결정을 내렸어요."

능령은 잠시 말을 멈추고 시선을 다른 곳으로 옮겼다. 커튼 사이로 예술가의 광장에서 터지는 불꽃이 보였다.

"전 이곳이 참 마음에 들어요. 피곤할 땐 조금 시끄럽긴 하지만 사람 사는 곳 같잖아요. 나중에 준영이 버려두고 우리 둘이 놀러 가요. 아마 그보다 백 배는 잘생긴 사람들이 물밀 듯이 부킹을 해올 거예요. 같이 갈 거죠?"

막상 속에 있는 말을 내뱉긴 했지만 그리 개운하진 않았다. 그리고 마음 한구석에선 벌써부터 후회가 싹을 틔우고 있었다.

"그러니 어서 정신을 차려요. 아님 나 혼자 차지해 버릴 거예요. 휴우~ 생각보다 많이 힘드네요. 이제 올라가서 좀 쉬어야겠어요."

자리에서 일어난 능령은 이미 단정해진 천(天)의 머리를 다시 한 번 만져 주었다. 한데 그때 천(天)의 눈이 파르르 떨리는 것이 보였다.

"어? 깨, 깨어난 건가?"

착각일 수도 있었기에 집중해서 천(天)의 이곳저곳을 살펴보았다.

한참을 봤음에도 움직임이 없었기에 포기하려는 찰나 다시 눈꺼풀이 파르르 떨렸다. 게다가 확실하게 깨어났음을 보여주려는지 팔도 움찔거렸다.

"어서 준영이에게……."

능령은 놀라움을 뒤로하고 준영에게 알리기 위해 몸을 돌렸다. 그러나 그녀의 팔목을 잡는 손이 있었다.

돌아보니 예의 무뚝뚝한 표정을 짓고 있는 천(天)이 눈을 뜬채 능령을 보고 있었다.

"깨어났군요? 혹시 모르니 간호사를 부를게요."

천(天)이 갑자기 깨어나자 능령은 기쁘면서도 한편으로는 어찌해야 할지를 몰랐다.

'다 들었나? 어쩌지?'

들으라고 한 말이었는데 지금은 혹시 들었으면 어쩌나 싶었다. 그래서 빨리 이 자리에서 벗어나고 싶었지만 천(天)은 팔

목을 놓아줄 생각이 없어 보였다.

"…괜찮아요. 내 몸은 내가 더 잘 아니까요."

"그, 그럼 뭐라도 먹어야죠. 얼른 죽을 배달시켜야겠어요."

"물이면 충분해요. 그리고 잠깐 가까이 와볼래요?"

"…왜요?"

능령이 조심스럽게 다가가자 천(天)이 갑자기 그녀를 와락 껴안았다.

'들었구나.'

그런 천(天)의 행동에 능령은 자신이 말할 때 그녀의 의식이 깨어 있었음을 느낄 수 있었다.

물론 능령의 착각이었다.

준영에 의해 정신을 차리자 천(天)은 기억에 없는 지난 3일 간의 일들을 가장 먼저 살폈고 그중에는 방금 능령이 말한 것도 있었다.

각설하고 능령의 예상대로 천(天)은 그녀를 안은 채 조용히 속삭였다.

"고마워요, 능령 씨. 당신이 아픈 만큼 내가 잘할게요. 정말 고마워요."

천(天)의 목소리는 촉촉이 젖어 있었다.

갑작스레 안아 어정쩡하게 서 있던 능령은 잠시 망설이다 조심스럽게 천(天)을 마주 안아주었다. 그리고 등을 도닥이며 말했다.

"그래요. 그리고 둘이 자주 놀러 다녀요."

천(天)의 눈물이 능령의 어깨를 적셨다. 그리고 그 눈물은 능령의 몸으로 파고들었고, 둘의 마음을 조금씩 치유했다.

"하늘이 언니도 앉아요. 오늘부턴 같이 먹어요."

천(天)이 깨어나고 일주일이 흘렀다.

그녀의 엄청난 일처리 능력에 회사는 빠르게 원래대로 돌아가고 있었고 생활엔 조금씩 여유가 생기기 시작했다.

아직 상처가 완전히 아물지 않아 무리하지 말라고 했음에도 천(天)은 아침 일찍부터 요리를 하더니 테이블 가득 아침 식사를 만들었다.

머릿속에 컴퓨터와 통신을 하기 위한 작은 장치가 있다는 걸 제외하곤 인간과 똑같다는 걸 알게 된 준영이 같이 밥을 먹자고 말해야 할지 말지를 고민할 때 능령이 천(天)을 잡아 테이블에 앉혔다.

게다가 언니라니?

그리고 언제부터 친해진 건지 자신만 쏙 빼놓고 서로 마주보며 웃는 얼굴로 식사를 한다.

"언니, 오늘 12시쯤 회사로 와요."

"왜?"

"점심 먹으면서 쇼핑이나 해요. 예전에 입던 옷 다 없어졌잖아요."

"그럼… 그럴까?"

두 사람의 하는 양을 지켜보느라 준영은 식사도 하는 둥 마는 둥이었다. 그러나 자신을 신경 쓰는 사람은 없었다.

'휴우~ 무슨 꿍꿍이들인지.'

여전히 난제처럼 느껴지는 문제였기에 신경을 쓰지 않는 게 좋을 것 같았다.

아침을 먹은 후 능령은 출근을 했고 준영은 그녀를 배웅한 후 정원 한편에 마련된 의자에 앉아 커피를 마셨다.

그리고 암호를 뚫고 천(天)의 백업본이 저장된 곳에 들어갔을 때를 생각했다.

자신이 삭제되고 난 뒤 다시 만나기까지 5년 동안의 천(天)의 기억을 살피던 준영은 자신이 죽일 놈이라는 사실을 깨달았다.

비교할 수 없는 문제였지만 굳이 비교를 한다면 자신이 박교우 박사를 잃었을 때 느꼈던 감정을 1이라고 생각한다면 천(天)의 5년간, 아니, 정확하게 준영이 기억을 찾을 때까지 그녀의 10년간 감정은 100을 훨씬 넘었다.

"휴우~"

끊었던 담배 생각이 절실했다.

한참 멍하니 있던 준영은 커피 잔을 비우고 일어나 사무실로 쓰고 있는 2층으로 올라갔다.

천(天)이 역 기억 자로 배치된 책상에 앉아 있었다.

"좀 더 쉬라니까……."

"움직이지도 않는걸. 멍하니 있는 것보단 이게 훨씬 좋아."

능령과 친해지면서 말에 혼선을 없애기 위해선지 반말를 하는 천(天)이었다.

자식이라기보단 연인이었고 5년 동안은 어머니로 알고 있었으니 별로 이상할 것도 없었다.

자리에 앉아 천(天)이 물었다.

"왜 묻지 않는 거지?"

"뭘?"

"…나와 능령에 대한 것 말이야."

준영은 시선을 창밖으로 돌렸다. 물론 풍광을 보기 위함은 아니었다.

"알아. 알기에 못 묻는 거고 알기에 모른 척하고 있는 것뿐이야."

앙숙이 되어도 시원찮을 판국에 두 여자가 짝짜꿍이 맞아 시시덕거리고 있다면 빤한 일이었다.

"그래? 그렇다면 네 생각은 어떤데?"

"생각 없어. 너에게도, 능령에게도 난 죄인이야. 그저 목을 내밀고 두 사람의 처분을 기다릴 뿐이지."

"그저 두 여자와 살고 싶은 건 아니고?"

"다음 생엔 결혼하지 않고 하렘을 만들어 살 생각이지만 이번 생엔 그럴 생각 없어. 사실 한 명도 벅차."

"날 받아들이는 걸로 생각하면 되는 거야?"

준영은 대답을 하지 않고 그저 고개만 끄덕였다.

침묵이 한참 동안 지속됐다. 준영도 천(天)도 서로 감정을 정리할 시간이 필요했기 때문이었다.

"앞으로 잘해. 그렇지 않으면 다음 생에까지 꼭 붙어서 괴롭힐 테니까."

시시각각 다양한 표정을 짓던 천(天)이 감정이 정리됐는지
피식 웃으며 말했다.

"다음 생엔 날 위해서가 아니라 널 위해서 살라고 놓아주는
거야."

"지(地)의 세상에서 네가 했던 짓을 생각해 보면 새빨간 거
짓말이 분명해."

"티 나?"

"많이. 적당히 눈감아줄 테니까 다음 생은 온전히 나에게 줘."

"됐거든. 지겹지도 않냐? 그리고 나이가 들면 네 생각도 바
뀌게 될 거야."

"피이~ 황혼이혼을 생각하는 모양인데 누구 좋으라고? 절
대 놓아주지 않을 거야."

"네네."

천(天)의 10년 세월에 대해 진심으로 사과하고 싶었지만 말
이 나오지 않았다.

너무 미안해도 미안하다는 말이 나오지 않는다는 걸 알게
되는 순간이었다.

'두고두고 갚을게.'

준영은 시선을 돌려 천(天)을 보며 속으로 다짐을 했다.

물론 이번 생까지만 말이다.

"아, 맞다. 대지의 육체를 만들려면 얼마나 걸린다고 했지?
너한테는 전화하지 않고 만날 나한테 전화해 닦달이다."

"성인을 만들려면 2년은 걸려."

"그래? 그럼 내가 주는 DNA로 다른 육체도 하나 만들어줬으면 좋겠어."

"뭐하려고?"

"복수."

특별 대응 팀을 보낸 것도, 과거 박교우 박사를 죽인 것도 모조리 돌려줄 생각이었다.

가장 잔인하게.

3장

2년 후

이하민 정부 5년 동안 대한민국은 참으로 많은 것이 바뀌었다.

일일이 열거하자면 한도 끝도 없겠지만 가장 대표적인 것만 몇 개 꼽는다면 아래와 같았다.

가장 첫 번째로 경제 활성화가 아닌 경제민주화를 어느 정도 이루어냈다.

재벌들은 혹독한 침체기였지만 반대로 중소기업들에겐 성장을 위한 기지개를 켜는 시간이었다.

무엇보다도 고무할 만한 일은 국민들의 삶에 약간의 여유가 생겼다는 것이었다.

물론 몇몇 기업에 편중된 경제성장에 대해 문제를 제기하는 사람들도 있었지만 그에 대해 딱히 신경 쓰는 국민들은 드물었다.

여전히 소득 불균형이 심하다는 점은 고쳐야 할 문제로 남았지만 근 반백 년 동안 벌어진 차이를 5년 만에 고친다는 건 힘든 일이었다.

두 번째로 가벼운 정부는 만들지 못했지만 대신 일하는 정부로 만들었다.

공무원 수를 그대로 유지하는 대신 맡은 일에 대해선 책임을 져야 한다는 책임제가 공무원 사회에 정착됨으로써 지금까지와 달리 다른 곳으로 책임을 미루는 일이 없어졌다.

갑자기 바뀐 환경 때문인지 역효과 역시 나타났는데, 책임제에 적응하지 못한 많은 공무원들이 벌을 받아야 해서 행정 공백이 생길 정도였다. 하지만 시간만 한 약이 없다고 차츰 정착되어 가고 있는 중이었다.

그 외에도 국방, 복지로도 괄목할 만한 성과를 보였는데, 한 가지 아쉬운 것이 있다면 외교 쪽으로는 부족하다는 평을 받았다는 것이었다.

"잠깐 저기 음식점에 들러주게나."

대통령 이취임식을 마친 이하민이 차를 타고 자택으로 돌아가던 중 운전사에게 말했다.

"예, 대통령님."

"이제는 평범한 노부라네. 허허허."

"저에게 대통령은 대통령님밖에 없습니다."

"허허허! 내 마음이 허전할까 봐 그러나 본데 걱정 말게. 속이 다 시원하니까."

이하민의 차가 방향 지시등을 켜며 속도를 줄이자 앞뒤를 따르던 경호 차량들 또한 속도를 줄이며 도로 한쪽에 섰다.

"혼자 만날 사람이 있으니 아무도 들어오지 말게."

안 된다고 말하는 경호원들에게 단단히 일러두고 음식점 안으로 들어갔다.

"기다리고 계십니다."

그의 얼굴을 연신 신기한 듯 힐끗거리는 종업원의 안내로 방으로 들어갔다.

장년으로 보이는 네 명의 남자들이 앉아 있었는데, 그중 한 명은 머리에 헤드셋을 한 채 잠들어 있었다.

"얼른 끝내자."

이하민은 옷을 훌훌 벗고는 식탁 위에 놓인 가방을 열더니 얼굴을 붙였다. 그와 동시에 세 남자는 잠들어 있는 이의 얼굴에 붙어 있는 인피면구를 벗겼다.

가짜 이하민이 사라지고 이제 진짜 이하민이 세상에 등장할 때였다.

작업은 10분 만에 끝났다.

"하늘아, 이제 이하민 깨워."

5년간 대통령의 삶을 빌린 것에 대한 예의로 준영은 가짜 이하민의 몸에 들어와 있었다.

"…으음~"

정신이 들 때쯤 그의 머리에 씌워둔 헤드셋을 벗겼다.

"이임식을 하느라 많이 피곤하셨나 봅니다."

"이런, 내가 깜빡 졸았나 보이. 얼마나 잤나?'

"10분 정도 조셨습니다."

"푹 잠들었나 보군. 10분을 잤는데 마치 몇 시간을 잔 것 같아."

어젯밤 잠들었을 때부터 11시가 넘은 지금까지 잠을 잤으니 당연한 소리였다.

이하민은 꿈에서 이취임식에 참여했고 비자금에 대한 얘기를 듣기 위해 이곳에 잠시 들른 것으로 알고 있었다.

"그럼 계속 보고드리겠습니다. 부동산을 모두 처리해 현재 저희가 관리하고 있는 현금은 1,000억 정도입니다. 그 외에 미국과 유럽에 200억 상당의 부동산이 있지만 당장 현금화하는 것보다 자녀분들을 통해 나중에 처리하는 것이 이득일 것 같아 보류해 뒀습니다."

"고생들 했네. 조만간 긴히 쓰일 돈이니 장기적인 투자는 자제하게나."

모두 준영이 마련해 준 비자금이었다. 그러나 이하민은 대통령 생활 중 이런저런 일을 하며 모은 돈이라고 생각하고 있었다.

'얌전히 있는 게 좋을 거야. 하긴 치매 환자 취급 받을 게 분명하니 하려고 해도 할 수가 없을 거야.'

대부분의 위정자들은 대통령이나 그에 상응하는 권력자의

자리에 오르는 꿈을 꾼다.

한데 만약 그 꿈을 이룬다면 어떨까?

가엾게도 그때부터는 그 권력을 유지하기 위해 애쓴다.

때가 되면 내려올 줄도 알아야 하는데 죽는 순간까지 그 권력을 놓지 않으려고 발악을 하는 것 또한 위정자들이었다.

정말 국민들을 위해 노력한 대통령이라면 그런 권력욕도 봐줄 만은 했다. 하지만 5년간 나라 꼴을 엉망으로 만들어놓고도 그 권력이 유지될 것이라 생각하는 것 자체가 난센스였다.

이하민도 그런 부류 중 한 명이었다.

따끔하게 한마디 해주고 싶었지만 지금은 그의 비자금 관리자 역할이었기에 거기에 충실해야 했다.

"그럼 지금까지와 같이 잘 부탁하네."

한참 자신의 허황된 미래에 대해 말하던 이하민이 마침내 일어났다.

"감사합니다."

"허허허! 내가 고마워해야지. 그럼 가네."

'당신의 5년에 대한 감사였어. 잘 가!'

준영은 떠나가는 이하민의 등을 보며 마지막 작별 인사를 했다. 이제 그가 아닌 새로운 대통령인 양상희로 4년간 살아야 했기에 더 이상 그에게는 볼일이 없었다.

"안에서 무슨 언짢은 일이라도 있으셨습니까?"

어제와는 뭔가 조금 낯선 느낌에 주위를 두리번거리는 이하민에게 경호원이 물었다.

"아! 아닐세. 이만 가지."

어제는 대통령이었고 오늘은 전임 대통령이라 그런가 보다 생각한 이하민은 차에 올라 자택으로 갔다.

대문 앞에는 그의 부인과 자녀들, 그리고 손자, 손녀들이 모두 모여 기다리고 있었다.

"당신 그동안 고생하셨어요."

"아버지, 고생 많으셨습니다."

"아버님, 애 많이 쓰셨어요."

"할아버지, 5년 동안 나라를 위해 애쓰셨어요. 엄마, 나 잘했어?"

"오냐오냐, 추운데 밖에서 이 할애비를 기다리고 있었구나. 어서들 들어가자."

이제 다섯 살이 된 외손녀의 볼이 빨개져 있었기에 작은 얼굴을 양 손바닥으로 문질러 주며 거실로 들어갔다.

"날씨도 추운데 뭐한다고 밖에서 기다려? 그냥 거실에서 기다리면 되지. 쯧!"

"네네, 점심은 좀 있다 하기로 하고 일단 차 좀 갖다 줘요."

소파에 앉으며 눈에 넣어도 아프지 않을 손녀를 문밖에서 떨게 한 것에 대해 한마디 했지만 그냥 습관적으로 하는 말임을 그의 부인도 알고 있는지 별다른 대꾸 없이 답하며 가정부에게 차를 가져오게 했다.

이임식이 기쁜 일은 아니었지만 자신을 위해 모인 가족들에게 이하민이 한마디 했다.

"그동안 애비 눈치 보랴, 국민들 눈치 보랴 너희들이 고생들 많았다. 하지만 예전보다 덜할 뿐이지 보는 눈은 여전할 터. 행동거지에 뒷말이 나오지 않도록 지금처럼만 해주기를 바란다."

"예, 아버지."

"네, 아버님."

차를 마시며 이런저런 얘기를 하며 식사 시간을 기다리는데 손녀가 무릎에 앉으며 말했다.

"할아버지, 그런데요. 할아버지 이제 큰일 날 거라고 하던데 정말 그래요?"

전혀 이해할 수 없는 말이라 웃으며 물었다.

"그게 무슨 말이냐?"

"영창이가 그랬어요. 할아버지 이제 큰일 날 거라고요. 경찰 아저씨한테 막 불려가고 그럴 거라던데요."

"민경아!"

막내딸이 자리에서 일어나 손녀를 불렀지만 이하민은 괜찮다는 손짓을 보낸 후 민경을 보며 말했다.

"허허허! 영창이라는 아이가 잘못 알고 있나 보구나."

"그래서 내가 아니라고 했어요. 할아버지가 우리나라에서 제일 높은 사람인데 경찰 아저씨가 어떻게 잡아 가냐고 말했어요. 그랬더니……."

민경이 잠시 말을 멈추곤 분한 얼굴로 말을 이었다.

"오늘부터는 아니래요. 자기 엄마, 아빠한테 들었는데 할아버지가 이젠 아무것도 아니래요."

철없는 아이의 말이지만 왠지 노기가 살짝 올라왔다. 그 부모가 누구인지 알아봐야겠다고 생각하며 그는 손녀를 달랬다.

"대통령직에선 물러났지만 그렇다고 해서 할애비의 힘이 없어지는 건 아니란다. 다음에도 그런 소리를 하면 이 할애비가 힘을 보여줄 거라고 말하려무나."

"네에~ 근데 할아버지 힘세요? 걔네 아빠 봤는데 무지 무섭게 생겼던데?"

"허허허! 걱정 말아라. 몇 사람 혼내줄 만큼은 세단다."

유치하긴 했지만 손녀에게는 약한 모습을 보이고 싶지 않았다.

"알았어요. 내일 가서 영창이한테 말해줄게요. 참! 근데 할아버지, 적을 밀어줬다는 게 무슨 말이에요?"

"적을 밀어줬다니? 이해가 안 되는구나. 좀 더 자세히 말해보렴."

"나도 몰라요. 영창이가 그렇게 말하면서 할아버지 큰일 날 거라고 했거든요."

"할애비는 모르겠구나. 너희들은 혹시 아는 거 있냐?"

그저 손녀에게 대답을 해주고픈 생각에 자식 내외에게 물은 것이었다.

"아버지께서 작년 대선 때 양상희 대통령을 지지하는 발언을 하신 것을 말하나 봅니다."

"응? 내가 양상희, 그자를 왜 지지해? 내 대선 경쟁자였고 한민족당인 그를 내가 지지할 리가 없지. 안 그러냐?"

"…기억 안 나세요? 총리에 임명한 후 그분의 정치철학에 반했다면서 지지를 하셨잖아요?"

"양상희, 그자가 웬 총리? 내가 그를 총리에 앉힐 리가 없지 않느냐? 설령 내가 그런 제안을 했다고 해서 받아들일 인간도 아니고 말이야."

"……"

이하민은 자신을 이상한 눈으로 보는 자녀들을 보면서 외눈박이 세상에 간 양눈박이가 된 기분을 느껴야 했다.

"난 분명이 양상희, 그자가 아닌 윤현식 교수를 총리에 앉혔었다. 그리고 그다음이……."

누구를 어느 자리에 앉혔는지 모두 기억할 순 없었지만 총리나 경제부총리와 같은 주요 인사는 기억하고 있었다.

그래서 자신의 아는 바를 길게 말했지만 그럴수록 자녀들의 표정은 더욱 굳어져 갔다.

그때 그의 부인이 나섰다.

"아버지께서 피곤하신 모양이다. 너희들은 일단 위층에 가 있으려무나. 밥 먹을 때 부르마. 당신은 안방으로 가서 좀 쉬어요."

"당신도 지금 내가 이상하다고 생각하는 거야?"

이하민이 자신의 부인에게 끌려가다시피 안방으로 향하며 물었다.

"너무 피곤해서 그런 걸 거예요. 좀 쉬어요."

"이 사람이! 난 이상하지 않아! 상식적으로 생각해 봐. 세상에 어느 미친 대통령이 정적을 총리에 앉히고 다른 당의 대통령 후보를 지지하겠어?"

안방에 들어선 이하민이 화가 나 소리쳤다. 그러나 그의 부인은 대답 없이 슬픈 표정을 지은 채 그의 얼굴을 쓰다듬으려고 했다.

"치워! 누굴 미친놈 취급하려는 거야? 난 멀쩡해. 멀쩡하다고!"

정말 미치고 환장할 지경이었다. 젊은 시절 틈틈이 읽었던 공상과학소설처럼 다른 차원의 세상으로 자신이 온 것이 아닌지 의심스러울 지경이었다.

"알아요. 멀쩡해요. 누가 당신을 미친 사람으로 취급하겠어요. 그러니 제발 진정해요."

당장에라도 울 것 같은 표정을 보자 더 이상 목소리를 높일 수도 없었다.

"휴우~ 도대체 어떻게 돌아가는 건지……."

침대에 걸터앉은 이하민이 손으로 이마를 받치며 중얼거렸다.

"일단 좀 쉬어요. 그다음에 다시 얘기해 봐요."

"…알았어. 나 좀 잠깐 혼자 있게 해줘."

"그럴게요. 필요한 거 있으면 불러요."

이하민의 부인은 그의 등을 몇 번 쓰다듬으며 밖으로 나갔고 이하민은 한참을 고민하다가 TV를 틀었다.

"직접 확인해 보면 되지."

실시간 방송은 물론이고 지나간 뉴스나 인터넷을 모두 볼 수 있었기에 자신의 말이 거짓인지 아닌지 금방 알 수 있을 터였다.

마침 뉴스 채널에서 오늘 있었던 이취임식에 대해 방송을 하고 있었다.

…국민의 지지를 한 몸에 받던 이하민 전 대통령이 양상희 대통령과 악수를 하고 있습니다. 대한민국 역사상 여당 대통령이 야당 대선 후보를 지지한 적이 있었던가요? 그만큼 양상희 대통령이 자신의 뒤를 이어받아 잘 이끌어줄 것이라 생각했기 때문이 아닌가 싶습니다. 두 사람의 관계는 이하민 전 대통령의 총리 제안을 양상희 대통령이 받아들이기 시작하면서부터……

"이, 이럴 수가……."

아무리 기억이 자기 편의대로 저장된다고는 하지만 불과 두 시간 전의 일에 대한 기억과 화면에 나오는 영상은 너무나 확연히 달랐다.

이하민은 떨리는 손으로 리모컨을 잡고 검색을 시작했다.

5년 전 기사부터 차근차근 살펴보던 이하민은 다른 세상에 온 것이 분명하다고 확신했다.

"미친……!"

이 세상의 그가 한 짓은 미친 짓이었다.

여당, 야당 할 것 없이 척을 지고, 재벌들을 5년 내내 괴롭힌 것은 그렇다고 하더라도 자신의 사람이라고 할 만한 이들도 가차 없이 쳐내 남아 있는 사람이 없다시피 했다.

모든 것이 혼란스러운 상황.

그나마 위안이 될 만한 것을 찾는다면 정권 말기인 작년까지 지지율 80퍼센트라는 어마어마한 기록을 세운 것과 진정한 국민의 대통령이라는 수식어였다.

물론 이하민에게 그런 명예는 쓸데없는 것에 불과했지만 말이다.

*　　　　*　　　　*

연쇄살인마 명태수는 10년간 수감 생활을 했지만 언제 출소할지 모르는 무기수였다.

오랜 수감 생활 중 틈틈이 자신이 어떤 존재인지를 각인시키니 더 이상 그를 건드리는 사람은 없었다.

심지어 교도관들조차도 그를 보면 눈치를 보면서 슬슬 피할 정도니 자유가 없다는 것만 빼면 어디보다 편한 곳이 교도소였다.

"씨발, 내가 영원히 이곳에 있을 것 같지? 탈옥을 하든 만기 출소를 하든 내가 밖에 나가면 제일 먼저 너희 집부터 찾을 거야. 그때 내가 너희 가족들을 어떻게 할 것 같아?"

"나, 날 협박하는 건가?"

"협박? 내가 왜? 협박이 아니라 진실을 말하는 거야. 네놈 와이프는……."

듣기 힘들 정도로 심한 말이 계속 이어졌고 교도관의 얼굴은 점점 하얗게 질려갔다.

"서로 얼굴 붉히지 말고 좋게 좋게 지냅시다. 나도 더 이상 사고 치지 않고 살고 싶으니까."

"그, 그러죠."

"난 건들지 않으면 얌전한 사람이요. 그리고 아까 한 말은 농담으로 한 얘기니 귀담아듣지 마쇼."

진한 미소를 지으며 새로운 교도관의 어깨를 툭툭 친 명태수는 못다 먹은 밥을 먹으러 갔다.

"그래, 교도관 교육은 잘 시켰어?"

전과 20범이자 강남역 발바리라고 하면 모르는 이가 없는 가상노가 이죽거리며 물어왔다.

명태수는 같은 장기수에 죽이 제법 맞아 친해진 그의 앞에 앉으며 투덜댔다.

"씨발, 내가 무슨 교육관도 아니고 새로운 교도관만 오면 나한테 보내는 건 무슨 심보인지 모르겠어."

"욕에 대한 내성이라도 기르게 할 생각으로 그런가 보지. 큭 큭!"

"근데 너 새로 생긴 학교로 간다며?"

"까라면 까야지. 근데 교도관한테 들으니 중범죄 장기수들을 위한 곳이라고 하더라."

"씨발, 그럼 여긴 얼라들 놀이터냐? 그나저나 새로 자리 잡으려면 고생하겠네."

"큭큭! 고생은 무슨. 한 놈만 제대로 조져 두면 건드리는 사람 없을 텐데. 너도 분명 그쪽으로 오게 될 테니 내가 먼저 가서 자리 잡아두마."

가상노는 발바리이면서도 웬만한 조폭보다 더 강했다. 게다가 한번 붙으면 죽일 작정으로 달려들기에 명태수도 그와는 싸울 생각이 없었다.

"밖이라면 술이나 한잔할 텐데 아쉽네. 이놈의 나라엔 중범죄 시설이 몇 개 없으니까 곧 다시 만날 테니 작별 인사는 하지 않으마."

"큭큭큭! 바라지도 않는다. 밥 먹고 담배나 쏴."

"그러지."

일주일이 지나 가상노는 새로운 교도소를 이감되었고 그 2주일 뒤 명태수 또한 새로운 교도소로 이감되기로 결정되었다.

"교도관 양반, 거 새로운 학교에 대해 아는 거 있으면 말 좀 해보쇼."

이송 버스를 타고 가던 명태수가 바깥 경치를 보는 것이 지겨워졌는지 나이가 좀 있는 교도관에게 물었다.

"글쎄, 섬에 있다는 점만 빼면 호텔 수준이라고 하던데. 참, 특수부대 출신들을 교도관으로 채용했다는 소문도 있긴 하더라만 얼마 전에 생긴 곳이라 정확한지는 모르겠다."

"흥! 특수부대 애들이라고 우리가 겁먹을 줄 아나. 하여간 윗대가리들이 하는 일이 다 그렇지."

교도관에 말에 다른 죄수 한 명이 코웃음을 치며 소리쳤다.

"어쨌든 거기 가서는 말썽 피우지 말고 얌전히 지내. 정부에서 말 안 듣는 중범죄자들에 대해 지금까지와 다르게 강경하게 나갈 생각으로 그 교정 시설을 만들었다는 소문이야."

"인권위에 고발을 하면 되죠. 다른 건 몰라도 다른 나라의 눈은 무서워하니까요."

명태수 역시 다른 죄수들처럼 대수롭지 않다는 듯 말했다.

인권위를 들먹였지만 굳이 신고를 할 생각은 없었다. 지금까지 해온 대로만 해도 충분하다는 것이 그의 생각이었다.

"우리한테 협박한 것처럼?"

"누차 얘기하지만 협박이 아니라니까 그러네요."

"그래그래, 진실을 말한 거겠지."

교도관은 구제 불능이라는 듯 고개를 흔들며 죄수들을 외면했고 명태수는 그의 반응이 재미가 없다는 듯 입을 삐죽이곤 다시 창밖으로 시선을 돌렸다.

"도착했다. 내려라."

"…에이, 씨팔, 한참 잘 자고 있는데."

따뜻한 히터의 열기에 꾸벅꾸벅 졸고 있던 명태수는 습관처럼 입에 밴 욕을 하곤 교도관을 따라 밖으로 나갔다.

선착장은 흔한 횟집 하나도 없어 한적하기 이를 데 없는 곳이었으나 오늘은 팔에 수갑을 찬 사람들로 북적이고 있었다.

"인계했습니다."

"인계 받았습니다."

교도관끼리 서류를 주고받으며 죄수들을 인수인계하는 과정은 마치 시장에서 동물을 사고파는 것 같아 보여서 명태수는 눈살을 찌푸렸다.

그래서 한마디 하려는데 입을 열려는 순간 선수를 치는 죄수가 있었다.

"우리가 우시장에 나온 소들이냐? 그런 건 안 보이는 곳에서 하면 안 돼? 아, 진짜 X같네. 팔찌에 발찌에 움쩍달싹도 못하게 해놓고 뭐가 그리 겁나는데? 꼭 이렇게 세워놓고 해야 직성이 풀리는 거냐?"

그는 중국 흑사회 출신으로 중국에서 범죄를 저지르다 8년 전에 한국으로 들어와 룸살롱에서 잔혹한 살인 사건을 일으켜 국민들을 경악에 빠뜨렸던 범인이었다.

워낙 잔인하게 다섯 명의 사람을 죽였기에 무기징역에 처해졌었는데, 사형 제도가 부활해야 한다고 촛불 시위가 일어날 정도로 파장이 컸던 사건이었다.

다만 그는 한국으로 귀화를 한 후에 범죄를 저질렀기에 한국에서 벌을 받고 있는 중이었다.

"음, 누군가 했더니 죄수 번호 E-1818번이시군요?"

새로운 교정 시설의 교도관으로 보이는 사내가 서류를 살펴보며 말했다.

"그래, 씨팔! 씨팔씨팔이다!"

1818번이 이를 드러내며 으르렁거렸지만 교도관은 아무렇지도 않은 듯 말을 받았다.

"죄수 번호에 불만이 많았겠군요. 걱정 마세요. 앞으로는 K—0888로 불리게 될 테니까요. 출신이 중국이라 배려한 번호입니다. 그리고 여러분들의 얼굴을 보니 888번과 비슷한 생각을 하고 있는 이들이 많은 것 같은데 미리 한마디 하죠. 불만을 가지지 마세요. 여러분들은 죗값을 치르고 있는 중입니다."

"죄를 졌다고 해도 우린 인간이야! 그러니 인간답게 대접을 해야지."

"네네, 물론이죠. 자, 인계가 끝났으니 저기 있는 배로 올라가세요. 여러분을 안내하는 교도관이 자리로 안내할 겁니다."

죄수들은 교도관이 꼬리를 내린다고 생각하곤 비릿한 웃음을 지으며 배로 향했다.

'여기서도 편하게 지내겠군.'

명태수 역시 다른 이들과 마찬가지로 생각하면서 걸음을 옮겼다.

사실 무기수들은 두려울 것이 없었다. 사고를 치고 형량이 늘어난다고 해도 사형 제도가 없어진 나라에서 무기징역 이상의 형벌은 없었다.

배도 새 배인지 무척이나 깔끔하고 편안했다.

죄수들이 많아 시끄럽다는 점만 뺀다면 섬으로 놀러 가기 위해 배를 탔다는 느낌이 들 정도였다.

안내 방송에서 곧 도착할 예정이라고 하자 죄수들은 하던 이야기를 멈추고 새로운 교도소를 보기 위해 창 쪽으로 시선을 돌렸다.

그리고 새로운 교정 시설을 보고는 일제히 감탄사를 터뜨리며 한마디씩 했다.

"우와! 완전 리조트네."

"그러게 말이야. 외국 교도소 중에도 저런 곳이 있다고 하던데 우리나라에서도 시범 운영을 하는 모양이네. 좋구나, 좋아."

명태수의 눈에도 담이 다소 높은—다른 교도소보다는 낮았다— 것을 제외하곤 교정 시설이라기보다는 외국의 유명 리조트처럼 보였다.

배에서 내려 교정 시설로 들어가자 겉에서 보는 것보다 더 좋았다.

넓게 잔디가 깔린 운동장과 수영장까지 있는 것이 영락없이 리조트였다. 물론 교정 시설답게 철망으로 된 벽이 쳐져 있는 것은 어쩔 수 없었지만 말이다.

"자, 입구는 저쪽이니 머뭇거리지 말고 들어들 갑니다. 서둘러 주세요."

교도관들이 소리를 쳤지만 죄수들은 아랑곳하지 않고 천천히 걸으며 구경을 했다.

하지만 그들은 화려한 외관에 정신이 팔려 한 가지 간과하고 있었다. 그것은 잘 꾸며진 곳임에도 사람의 흔적을 찾아볼 수가 없다는 것이었다.

"모두 옷을 벗어주세요."

실내로 들어가자 가장 먼저 검색대가 나왔다. 의례 하는 일이었지만 오랫동안 수감 생활을 했던 이들에게 달가운 일은 아니었다.

"적당히 하고 넘어가지? 우리가 가진 게 불알 두 쪽밖에 더 있어? 하여간 공무원들 아니랄까 봐 고지식해요."

이번에도 K—0888번이 나섰다.

아까 인수인계를 할 때 꼬리를 내렸던 교도관이 그의 앞으로 다가오며 말했다.

"888번?"

"왜?"

"앞으로 내가 번호를 부르면 '예'라는 대답과 함께 번호를 복명복창합니다. 알겠습니까? 888번?"

"씨발! 지… 아악!"

욕을 하려던 888번이 갑자기 비명을 질렀기에 죄수들의 시선이 일제히 그를 향했고, 그들은 888번의 손가락 두 개가 괴상하게 꺾여 있는 것을 볼 수 있었다.

"888번?"

그의 손가락을 꺾은 것으로 보이는 교도관이 표정의 변화 없이 다시 번호를 불렀다.

"이, 이 개……!"

그는 손가락 두 개가 부러졌다고 기가 죽을 888번이 아니라는 듯 발작적으로 몸을 움직이며 교도관에게 덤벼들려고 했다. 그러나 그 순간 '콰직' 하는 소리와 함께 그는 바닥에 뒹굴었다.

이번에는 무릎이 한쪽 방향으로 완전히 꺾여 있었다.

"으아아아악! 이… 이… 개새……! 컥!"

바닥에 뒹굴던 888번이 악을 쓰며 다시 욕을 하려 하자 이번엔 교도관의 구두가 그의 입에 틀어박혔다.

그에 피 묻은 이가 사방으로 튀었다.

죄수들은 너무 갑작스럽기도 했지만 사람을 반병신으로 만들면서도 표정의 변화가 전혀 없는 교도관의 모습에 할 말을 잃었다.

"888번?"

"……."

888번은 말을 하기 힘든 상황이었다. 그러나 이번에도 교도관의 발이 움직였다. 부러진 다리의 정강이 부분을 그대로 밟았다.

다시 비명 소리가 실내를 가득 메웠다.

그리고 비명이 잦아들자 교도관은 다시 888번을 불렀다.

"…예, 8… 88번."

"욕하지 마세요. 그때마다 뼈 하나씩입니다. 다른 죄수들도 마찬가지입니다. 그리고 교도관들에게 예의를 지켜주기 바랍니다. 참고로 말하지만 여러분들은 사람이 아닙니다. 죄수입니다. 옷을 벗어주세요."

투덜거리는 소리가 들리긴 했지만 워낙 압도적인 무력 앞에서 그들은 따를 수밖에 없었다.

"당신은 이제부터 K—0535번입니다. 저쪽에 있는 엘리베이터로 가세요."

옷을 벗고 검색대를 무사히 통과하자 새로운 옷과 세면도구가 지급되었다.

명태수는 888번 말고도 몇 명의 시범 케이스가 더 있을 것이라고 생각하고 일단 순순히 따랐다.

교도관의 지시로 엘리베이터에 오르자 몇 명의 다른 죄수들이 타고 있었는데, 모두 500번대의 죄수들이었다. 그리고 몇 명이 더 타 만원이 되자 엘리베이터가 움직이기 시작했다.

"씨펄! 살벌하구만."

"그러게 말이야. 왠지 기분이 싸한 게 조심해야 할 것 같아."

"개 X 같은… 하여간 일단은 몸을 사리자고."

엘리베이터가 도착해 문이 열리며 교도관이 보이자 얘기를 나누던 두 사람은 대화를 멈췄다.

"각자 번호가 적힌 방으로 가도록 합니다."

교도관의 지시에 명태수는 복도를 따라 좌우로 배치되어 있는 방을 살폈다.

전면이 투명한 소재로 되어 있어 내부가 훤히 보였는데 2층 침대와 화장실이 전부인 단출한 구조였다.

535, 536이라고 적힌 방을 발견한 명태수는 대열을 벗어나 투명한 문 앞에 섰다.

안에 536번이 있었는데 그도 익히 아는 얼굴이었다.

먼저 가서 자리를 잡고 있겠다고 했던 가상노였다.

"여!"

문이 열리고 안으로 들어선 명태수는 반갑다는 듯 인사를 했다. 반가워할 것이라는 예상과 달리 1층 침대에 걸터앉아 있는 가상노는 무덤덤했다.

"먼저 와서 자리 잡고 있겠다더니 방을 잡고 있었던 거냐? 어쨌든 2주 만에 보니 반갑다."

"큭큭큭! 고작 2주밖에 지나지 않은 건가? 마치 2년 넘게 생활한 것 같은데."

"무슨 소리야?"

"앉아. 자리는 잡지 못했지만 이 지옥에서 살아남는 방법을 가르쳐 주지. 아니, 차라리 죽는 게 나을지도 모르겠다."

2주 전과 전혀 다른 사람처럼 변한 가상노는 중얼거리듯 설명을 시작했고 명태수는 왠지 모를 불안감을 느끼면서 그의 말에 집중했다.

4장

복수는 그렇게 시작되었다

"삼산 교정 시설에서 또다시 사고가 일어났어."

이하민과 작별 인사를 하고 나자 천(天)이 말했다.

"10일 만에 또 일어난 건가? 상황은?"

"일주일 전에 새로 이송되어 온 이들 중 명태수라는 자가 주동을 해서 일어난 일인데, 20분 만에 모두 해결됐어."

맨손의 죄수들이 경호 로봇을 이기는 건 불가능했다.

"처리는?"

"지난번처럼 단순 가담자는 한 층 아래로, 주동자와 적극 가담자는 8층으로 보냈어. 다친 사람은 총 열 명으로, 치료 중이야."

"고생했어. 치료는 잘 해줘. 그들에겐 죽는 것도 사치니까 말이야."

　교정 시설을 만들며 가장 고민했던 것이 어떻게 하면 그들의 죗값을 치르게 하냐는 것이었다.

　피해자의 가족들은 평생 고통 속에 살아야 하는데 그들이 너무 편하게 사는 것이 마음에 들지 않았다. 평생은 아니더라도 그들이 형기를 마칠 때까지라도 고통스럽길 바랐다.

　그래서 팔대지옥을 만들었다.

　물론 이름만큼 어마어마한 곳은 아니었다.

　죄수들의 평균 수면 시간은 8시간. 지하 8층의 800번대 죄수들은 8시간 동안 악몽을 꾸게 되고 7층은 7시간, 6층은 6시간과 같은 식이었다.

　또한 사람을 죽인 자는 그가 죽인 피해자에게 끊임없이 죽게 되는 꿈을, 강간을 한 자는 피해자가 아닌 온갖 남자들에게 당하는 꿈 등 저지른 일에 상응해서 맞춤형으로 꾸게 되어 있었다.

　그런데 이 형벌 아닌 형벌의 가장 무서운 점은 현실의 시간이 아닌 꿈의 시간대로 꾼다는 것과 고통이 그대로 전해진다는 것이었다.

　그들의 고통을 생각한다면 폭동은 어쩌면 당연한 일이었다. 하지만 피해자 가족들은 이미 그런 고통 속에서 살아가고 있음을 알아야 할 터였다.

　"육체적 치료는 문제없어. 한데 정신적으로 점점 이상해져 가는 사람들이 나타나기 시작했어."

"미쳐 간다는 거야?"

"응, 생각해 봐. 매일 수십 번 수백 번 칼로 난도질당하는데 버티는 게 용한 거지."

"조금 줄여야 하나?"

"정상적인 시간으로만 해도 충분할 것 같아. 그리고 점차 늘여가는 거지."

"좋아, 그렇게 해."

삼산 교정 시설의 수감자 중 가장 빨리 출소할 자도 아직 10년 넘게 남았다. 하루 이틀에 끝낼 것이 아니기에 준영은 천(天)의 의견을 수용했다.

"휴, 잠깐 쉬자. 커피 한잔할래?"

"내가 갖다 줄게."

"아니, 잠깐 걸으려고. 너무 앉아 있었더니 배가 나오려고 해서."

먼저 움직인 것은 천(天)이었다. 그리고 그녀가 갖다 준 건 커피가 아닌 정체 모를 한약이었다.

"건강을 위해 커피 대신 이걸 마셔."

"그게 뭔데?"

"100년산 산삼 배양근과 각종 한약을 섞어 만든 거야. 당신 체질에 맞춰서 만든 거니 일반 한약보다 괜찮을 거야."

"커피가 더 좋은데……."

"피로 회복엔 물론이고 밤에도 좋은 거야."

"……."

'날 위한 게 아니잖아!' 라고 소리치고 싶었지만 그러면 능령과 자신을 차별한다고―능령은 중국에서 몸에 좋다는 약을 잔뜩 가져왔다― 말할 것이 분명했기에 마실 수밖에 없었다.

"크! 쓰다."

"잘했어. 사탕."

천(天)은 마치 어린아이를 돌보는 엄마처럼 굴었지만 막상 한약을 먹는 준영에겐 오늘 밤에 힘(?)을 쓰라는 말로 들렸다.

"짭짭짭! 쓴맛이 가시질 않네. 참, 우리의 히든카드는 어떻게 됐어?"

"증거 만드느라 미국에 있어. 일주일 후엔 한국으로 들어올 거야."

"2년 동안 기다려 왔지만 일주일 남았다니 왠지 참기가 힘들어지네."

"이틀 정도는 당길 수 있어."

"아냐, 그 이틀 동안 더 완벽하게 만들어줘."

비슈누를 통해 그들이 퓨텍의 특별 대응 팀이라는 사실을 알게 된 준영은 퓨텍, 아니, 정확하게는 장두호를 무너뜨리기 위해 2년을 기다려 왔다.

몇 번이고 직접 찾아가 죽어 버리고 싶은 마음이 굴뚝같았으나 그놈이 절망하는 모습을 보고자 참고 또 참았다.

그뿐만이 아니었다.

놈을 최고의 자리로 끌어올리기 위해서 모든 것을 양보해 왔다.

사업 확장은 이하민을 이용해 도와줬고, 계획이 실패하자 본격적으로 시작된 성심그룹 죽이기에 제대로 대응조차 하지 않았다.

이제 당하는 것도 끝이다. 일주일만 지나면 복수는 시작될 것이고 놈은 끝없는 나락으로 빠져들 것이다.

"그나저나 최영식이 좋아하겠네. 일을 한다고 해도 뜯어말렸었는데 이제부터는 집에도 들어가지 못할 정도로 바쁘게 생겼으니 말이야."

어찌 보면 준영 다음으로 속을 태운 건 최영식이었다. 작년에 성심소프트의 임시 대표이사를 맡게 되었는데, 그가 세운 플래닛 활성화 계획을 준영이 모조리 반려했기 때문이었다.

"그럼 전화라도 해줘. 어려운 상황에서 어떻게 해서라도 유저들을 붙잡으려고 퇴근도 제일 늦게 하는 것 같더라."

"하여간 사람이 뭐 때문에 그리 바뀐 건지… 예전엔 그래도 적당히 융통성이 있었는데 요즘은 아주 고지식한 사람이 돼버렸어."

"임시라 해도 성심소프트 사장이니까. 매출액만 따져도 우리나라 20위 안에 드는데 그런 자리를 경험이 부족한 그에게 맡긴 당신이 이상한 거야."

"너랑 능령이를 빼면 그만한 사람이 없으니까."

회사를 운영할 능력자들이야 널리고 널렸지만 믿고 맡길 사람은 많지 않았다.

물론 원래는 능령에게 맡기려 했는데 한국에 이어 아시아

명천그룹을 맡게 되면서 더 이상 준영을 도울 수가 없었다. 오히려 천(天)이 틈틈이 그녀를 도울 정도로 바빴다.

왜 스스로 경영하지 않냐고?

요즘 군수 사업이 너무 바빴다.

작년에 무인 전투기 공장이 만들어지며 납품을 시작했고 최근엔 수출 상담까지 하다 보니 정신이 없을 정도였다.

사업 확장을 그만두겠다고 다짐을 했건만 일이 일을 만들어내니 어쩔 수가 없었다.

준영은 최영식에게 전화를 걸었다.

―예, 회장님…….

"목소리에 왜 그리 힘이 없어요?"

―아닙니다. 이번 달에 점유율이 다시 0.4퍼센트가 떨어져서 어떻게 할까 고민 중이었습니다.

"내가 그냥 신경 쓰지 말고 직원들이나 다독이라고 하지 않았습니까? 그리고 책임도 묻지 않겠다고 분명히 말했잖아요."

―…죄송합니다.

"쯧! 그 사람, 참. 좋은 소식을 알려줄까 했는데 다음에 전화를 해야겠군요."

―좋은 소식이라니 어떤…….

"지금까지 최 사장이 올렸던 플래닛 활성화 방안, 모두 진행해도 좋습니다."

―정말입니까!

착 가라앉아 있던 최영식의 목소리에 갑자기 생기가 돌기 시작했다.

─언제부터 시작하면 되겠습니까? 내일 광고를 때리고 모레부터 바로 시작할 수 있습니다.

"급하긴… 건강 챙기며 알아서 해요. 그리고 한 가지 더, 서버에 대한 마케팅을 걸어요. 앞으로 이상이 생기면 현금으로 돌려주겠다고 해요."

─드디어 문제를 해결한 겁니까?

문제가 일어난 적은 없었다. 일부러 점유율을 낮추기 위해 종종 일부러 서버를 다운시켰을 뿐이었다.

"그래요. 그리고 지금 최 사장 컴퓨터로 자료를 보냈어요. 업데이트 계획과 새로 업그레이드된 것을 정리한 것이니 광고할 때 사용해요."

─알겠습니다! 당장 확인해 보고 계획 짜서 올리도록 하겠습니다.

"보고는 안 해도 돼요. 그동안 이유 없이 계획을 반려한 것에 대한 보상이니 하고 싶은 대로 해봐요."

─감사합니다, 회장님.

전화를 끊을 때까지 감사하다고 몇 번이나 말하는 최영식의 들뜬 목소리를 듣자니 괜히 미안해졌다.

"이렇게 좋아할 줄은 몰랐네."

"마음고생이 심했던 만큼 기쁜 걸 테지. 그러는 당신은 안 기뻐?"

"기뻐."

박교우 박사가 죽고 12년.

천(天)의 말대로 마음고생을 한 만큼 기쁘다면 미친놈처럼 온 거리를 뛰어다니며 만세를 불러도 모자랄 터였다.

그러나 준영은 담담하게 뱉는 '기뻐'라는 말로 자신의 기분을 표현했다.

그렇게 복수는 시작되었다.

일주일 뒤, 인천국제공항.

정장 차림의 덩치가 큰 사내들에게 둘러싸인 20대 초반의 동양인이 선글라스를 낀 채 게이트를 걸어 나왔다.

그는 동양 최대의 공항으로 자리한 인천공항의 화려함 따윈 관심도 없는지 곧장 밖으로 나가 주차된 차에 올라 서울로 향했다.

그리고 도착한 곳은 몇 년 전부터 대한민국에서 내로라할 사건을 맡아 승소함으로써 최고의 법률사무소로 이름을 날리고 있는 곽스로펌이었다.

"어떻게 오셨어요?"

"제 재산을 찾고 싶어 왔습니다."

"잘 오셨어요. 저희 법률사무소는 최고의 변호사님들이 계십니다. 잠시 기다리시면 상담할 변호사님을 지정해 드리겠습니다."

"곽용호 변호사님에게 맡기고 싶습니다."

"곽 변호사님은……."

"박준영이라고 말하면 될 겁니다."

"…한번 연락 드려볼게요. 잠시만요."

안내데스크 직원은 곽용호에게 전화했고 박준영은 곧 엘리베이터를 타고 곽용호의 사무실로 안내받았다.

"하하! 어서 오세요. 안 회장에게서 전화 받았습니다. 좀 자세히 말해줬으면 굳이 아래에서 기다릴 필요 없었을 텐데… 앉으세요. 차는?"

"커피로 주세요."

커피가 들어오고 얘기를 할 분위기가 되자 곽용호가 물었다.

"안 회장에게 다른 얘기는 듣지 못했는데 어떤 일로 오셨습니까?"

"그보다 먼저 제 얘기를 하겠습니다. 전 미국에서 홀어머니 밑에서 자랐습니다. 커가면서 아버지에 대해 궁금해 어머니께 물었지만 단 한 번도 대답해 주시지 않으셨죠. 그리고 작년에 돌아가셨습니다."

"유감입니다."

"저도 임종을 지키지 못했습니다. 한참 엇나가고 있을 때라 집을 떠나 있었거든요. 불효자였죠. 그런데 최근 유품을 정리하다 제 아버지가 누군지 알게 되었습니다. 아버지 역시 12년 전에 돌아가셨더군요. 약간의 재산을 남긴 채 말이죠."

"음, 충분히 아들로서 아버지의 재산을 상속받을 권리가 있죠. 설령 단체에 기부를 했다고 해도 아들임이 증명되면 일부 돌려받을 수 있습니다."

"다행이군요."

"아버님에 대해 말씀해 주시면 저희 쪽에서 조사를 거쳐 타당성을 확인한 후 소송을 진행하겠습니다. 아버님에 대해 말씀해 주세요."

"대한민국에서는 모르는 사람이 더 적을 겁니다."

곽용호는 박준영에 대해서 별로 대수롭지 않게 생각하고 있었다. 그저 준영의 부탁이라 자신이 맡는 것뿐이었다.

한데 대한민국에 아는 사람이 훨씬 많을 정도라면 상당한 인물이 분명할 터, 어쩌면 큰 건일 수 있다는 생각에 관심을 가지고 물었다.

"아버님 성함이……?"

"박에 교 자 우 자를 쓰십니다."

"네? 설마……?"

"맞습니다. 퓨텍의 창립 멤버이며 인공지능 컴퓨터와 교우재단을 만든 분이시죠."

"헉!"

곽용호는 헛바람을 들이켰다.

교우재단은 퓨텍을 실질적으로 지배하는 곳이었다.

만일 박준영이 박교우 박사의 아들이라면, 그래서 교우재단의 재산 중 일부를 가질 수 있다면, 그리고 그 일부를 수수료로 받는다면.

곽용호는 곽스로펌이 또 한 번 도약할 수 있는 기회라고 생각했다. 그리고 전력을 다해 눈앞의 사내를 도와야겠다고 마음을 먹었다.

"최선을 다해 돕겠습니다. 교우재단의 재산 10퍼센트만 얻는다고 해도……."

"곽 변호사님."

곽용호가 약간 들떠 설명을 하려 했는데 박준영이 말을 끊었다.

"네?"

"전 전부를 원합니다. 아버지의 아들로서 당연한 권리 아니겠습니까?"

백번 옳은 얘기였다. 곽용호는 자신의 말실수를 자책하며 얼른 말을 이었다.

"무, 물론입니다. 정당한 상속자로서 당연히 모든 걸 얻어야겠죠. 하지만 그러기 위해선 준비 없이 나서서 퓨텍에서 증거를 없앨 시간을 주는 것보다는 약간 늦어진다고 해도 완벽하게 하는 것이 좋을 것 같습니다만……."

"너무 오래 기다리게만 하지 마세요."

"걱정 마십시오!"

유전자 감식을 통해 친자임이 확인되고 유언장의 내용만 알 수 있다면 준비는 며칠이면 충분했다.

공교롭게도 한 달 전쯤 준영이 박교우 박사의 유언장의 복사본을 구했다고 좋아라 자신에게 자랑했던 일이 생각났기에 곽용호의 대답엔 자신감이 넘쳤다.

＊　　　＊　　　＊

'퓨텍인의 밤'은 작년 한 해 동안 직원들의 노고를 치하하고 퓨텍의 경영 성과를 알리기 위해 사회 각계각층의 주요 인사를 초대해 벌이는 성대한 파티였다.

특히 전년도에 사상 최대의 흑자를 기록한 것에 고무되었는지 파티는 어느 해보다 화려하고 성대했다.

"한국인지 외국인지 모를 정도군."

준영이 파티에 참석한 사람들을 둘러보며 중얼거렸다. 한국인보다 외국인이 많았기 때문이었다.

"세계적인 기업이니까. 그리고 당신이 그렇게 되길 바랐잖아."

아름답게 차려입은 채 준영의 팔짱을 끼고 있던 능령이 와인 잔을 살짝 들어 올리며 누군가에게 인사를 하며 대꾸했다.

"하긴. 근데 아버님과 작은아버님은 어디 계시지?"

"안에서 배당금에 대해 회의 중이래. 곧 끝난다고 했으니 나오시겠지. 아! 저기 나오셨어."

능령이 가리키는 곳에 진명천과 진호천이 한 청년과 함께 걸어 나오고 있었다.

준영은 서둘러 두 사람에게 다가가 인사를 했다.

"장인어른, 작은아버님, 잘 지내셨습니까?"

준영은 능령과 재작년 가을에 결혼을 했다.

"어서 오게, 안 서방. 자네도 초대를 받았나 보군?"

"퓨텍이 잘나간다고 자랑하고 싶어서 절 초대한 모양입니다. 그래서 배 아파 하는 시늉이라도 해주려고 왔습니다."

"쯧! 넌 배알도 없냐?"

진호천이 비아냥거리며 얘기했지만 자신을 안타깝게 생각해서 하는 말이라는 걸 알기에 웃으며 답했다.

"어느 분처럼 와신상담하고 있는 거죠."

"은근히 비꼬는 거 같다?"

"요즘 많이 비딱해진 것 같습니다?"

"빌어먹을 놈. 어른 놀리면 재미있냐?"

"네."

"캬악! 이 싸가지!"

철량이 죽고 얼마 되지 않아 진호천은 DD를 팔아서 번 막대한 돈을 바탕으로 결국 삼합회의 회장을 죽였고, 그로써 복수를 끝냈다.

그 이후론 제주도로 내려와 낚시를 하면서 인생의 말년을 보내는 중이었는데 종종 준영의 집으로 놀러와 며칠씩 보내고 가곤 했다.

"그나저나 이 청년은 누구입니까?"

진명천과 많이 닮았기에 보는 순간 능령이 말하던 배다른 동생이라는 걸 알 수 있었다. 그러나 짐짓 모르는 척 물었다.

"진량호라고, 내 아들일세. 그동안 영국에서 유학하고 있었는데 이제 슬슬 사업에 대해 알아야 할 나이이기에 데리고 다닌다네."

"…처음 뵙겠습니다. 진량호라고 합니다."

진량호는 인사를 하면서도 능령의 눈치를 살피고 있었다. 아무래도 첩의 자식이다 보니 꽤 두려운 모양이었다.

그러나 능령은 그런 그를 부드럽게 맞이해 주었다.

"반가워. 한 가족이면서 그동안 서로에 대해 모르며 살았구나. 앞으로 잘 지내자."

"처남, 만나서 반가워. 누나 집에도 자주 놀러오고 앞으로 잘 지내자."

"예, 누님, 매형."

가족으로 인정을 받았다고 생각해서일까 진량호가 기쁜 표정을 지으며 대답했다.

"처음 보는 동생을 보고도 놀라지 않네?"

모두 함께 자리로 가면서 준영이 능령에게 속삭였다.

"저 애 잘못이 아니잖아. 그리고 민찬이를 낳고 나니 크게 누굴 미워할 자신이 없어."

안민찬은 준영과 능령 사이에서 낳은 아들이었다.

자리에 앉자 본격적인 행사가 시작되었고 가장 먼저 퓨텍에 대한 영상이 흘러나왔다.

장덕수와 장두호의 얼굴이 나왔지만 박교우 박사에 대해서는 이름만 잠깐 언급되었다. 그리고 영상의 대부분은 앞으로 펼쳐질 퓨텍의 미래에 대한 얘기였다.

퓨텍은, 아니, 장두호는 박교우 박사에 대해 지우려 했고, 2년이 지난 지금은 많이 지워지고 있었다. 교우재단의 박교우 박물관은 폐쇄되었고 전시물들도 대부분 팔려 나갔다.

'다른 사람의 이름으로 내가 사들였지만 말이야.'

준영은 시선을 돌려 맨 앞쪽 자리에 앉아 만면에 웃음을 짓고 있는 장두호를 보았다.

준영의 시선을 느꼈을까 장두호는 뒤돌아보다가 준영을 발견하곤 잔을 살짝 들었다 놓으며 웃음을 지어 보였다.

명백한 승자의 웃음.

순간 울컥했지만 초인적인 인내심으로 참았다.

"지금 많이 웃어둬. 이젠 두 번 다시 웃을 수 없을 테니까."

준영도 장두호처럼 잔을 들어 그에게 인사를 했다. 비릿한 웃음을 지은 채.

"빌어먹을 자식!"

장두호는 나지막이 중얼거렸다.

밟고 밟아도 잡초같이 죽지 않는 놈이었다. 아니, 오히려 다른 곳으로 뿌리를 뻗어 더욱 성장하고 있었다.

'특별 대응 팀이 절반의 성공밖에 거두지 못한 것이 아쉬울 뿐이군.'

2년 전, 10년 동안 수많은 돈을 투자해 키운 특별 대응 팀이 사라진 것이 아쉬웠다.

물론 그들이 성심그룹의 메인 컴퓨터를 없애줌으로써 2년 동안 가상현실 게임의 점유율을 85퍼센트까지 끌어올릴 수 있었고 그 덕분인지 그다음부터 일이 잘 풀려 모든 분야에서 꽐

목할 만한 성장을 이루었다.

'킬러들이라도 고용해야 하나?'

놀리기 위해 초대장을 보냈는데 올 줄은 생각도 하지 못했다. 그리고 보이지 않을 땐 괜찮았는데 막상 보이니 눈에 거슬렸다.

'한번 알아봐야겠어.'

장두호는 특별 대응 팀을 꾸릴 때 도움을 받았던 에이전시와 연락을 해봐야겠다는 생각을 했다.

"…다음은 저희 퓨텍의 장두호 회장님을 모셔서 간단한 인사말과 함께 우수 사원 표창을 하겠습니다. 모두 박수로 환영해 주시기 바랍니다."

장두호는 자신을 소개하는 소리에 준영에 대한 생각을 접고 단상으로 나갔다.

커다란 박수 소리와 함께 함성이 들려왔고 장두호는 만면에 웃음을 띠고 소리가 잦아들기를 기다렸다.

'퓨텍인의 밤' 이 성황리에 끝난 다음 날.

기분이 좋아 과음을 한 장두호는 해장국과 술 깨는 약을 먹었음에도 여전히 무거운 머리를 흔들며 다소 늦은 출근을 했다.

2년 동안 이렇다 할 반격조차 하지 못하던 성심소프트가 최근 공격적으로 나오고 있었기에 그에 대한 대책 회의를 하기로 했기 때문이었다.

"도무지 술이 안 깨는군. 회의는 30분만 미루도록 하지. 그리고 잠깐 누워 있을 테니까 아무도 들여보내지 말게."

30분 정도 눈을 붙일 생각으로 비서실에 지시를 한 후 회장실로 들어온 장두호는 소파에 몸을 뉘었다. 한데 그는 10분도 되지 않아 비서실장이 다급히 부르는 소리에 일어나야 했다.

"무슨 일인데 이렇게 유난을 떠는 거야!"

회사 내에서 장두호는 제왕적인 지위에 있었다. 그리고 그는 그런 지위를 마음껏 누리며 살고 있었다.

"죄, 죄송합니다, 회장님. 워낙 중요한 사안이라 바로 아서야겠기에……."

"말하게."

자신의 성격을 알 만한 비서실장이 자신의 말을 어기고 들어올 정도라면 제법 급한 일일 것이라는 생각이 들었고, 그에 그의 목소리는 한결 부드러워졌다.

물론 짜증을 완전히 없애진 못했지만 말이다.

"박교우 박사의 아들이 나타났답니다."

"…뭐?"

순간 잘못 들었다고 생각했다.

"교우재단에 낯선 사내가 변호사를 대동해 찾아와 자신이 박교우 박사의 아들이라 주장하고 있답니다."

"무슨 말도 안 되는 소리야! 박교우 박사는 결혼을 한 적이 없어. 오로지 연구에만 미쳐 있던 사람이란 말이야."

"하지만 사무처장에게 전화가 와서……."

"당장 전화 연결해!"

"알겠습니다."

신호가 가는 짧은 순간 장두호의 머릿속은 별의별 생각으로 금세 가득 찼다.

그중 가장 두려운 것은 바로 자신의 경영권이 위험하다는 것이었다.

퓨텍 주식의 35퍼센트—원래 30퍼센트였으나 경영권을 공고히 하기 위해 재단 잉여금으로 주식을 매입해 둔 상태였다—를 가지고 있는 재단이 박교우 박사의 아들에게 넘어간다면 20퍼센트도 채 가지고 있지 못한 그는 퓨텍의 회장직에서 쫓겨날 수 있었다.

'겨우 내 것이 되었는데… 박교우 박사의 아들일 리가 없어! 아니, 있어서는 안 돼! 절대로!'

—이사장님, 사무처장입니다.

"박교우 박사의 아들이라는 자가 찾아왔다는 얘기를 들었네. 그자에 대해 자세히 설명해 봐."

—저도 자세히는 모르겠습니다. 아침에 갑자기 찾아와 자신이 박교우 박사의 아들이며 정당한 상속권을 행사하겠다는 말을 해 바로 비서실로 전화를 드린 겁니다.

"…자네가 보기엔 진짜 같은가?"

—닮은 것 같기도 하고 아닌 것 같기도 하고… 그보다는 곽스로펌의 곽용호 변호사와 같이 온 것이 사기꾼은 아닌 것 같습니다.

"박교우 박사에겐 아들이 없어! 있을 리가 없다고!"

―…네네.

화를 낸다고 아들임을 주장하는 자가 사라지는 것은 아니었지만 계속 화가 났다.

"휴우~ 그자는 지금 어디 있나?"

―재단 변호사와 얘기를 하고 있습니다.

"내가 가지. 갈 동안 어디 가지 못하게 잡아두게."

―알겠습니다.

전화를 끊은 장두호는 퓨텍 변호인단의 단장을 대동하고 교우재단으로 향했다.

"…결혼을 하지 않아도 부부로 인정되는 판례가 있었습니다. 물론 혼외자 역시 상속을 인정받았고요."

"……"

"아! 물론 두 사람의 관계가 사실혼에 가깝다는 증거가 필요합니다. 관건은 그자가 얼마나 많은 증거를 가지고 있느냐입니다. 일단 가서는 자극을 하지 마시고 최대한 시간을 끌어주십시오. 그동안 법원 쪽에 알아보도록 하겠습니다."

장두호가 인상을 쓰자 비로소 한덕희 변호사단장이 제대로 된 답을 내어놓았다.

속으로는 일이 끝난 후 변호인단을 손봐야겠다고 생각하면서도 겉으로는 인상을 풀 수밖에 없었다.

이러니저러니 해도 이번 일이 끝날 때까지는 그들이 필요했기 때문이었다.

한데 재단 입구에 도착했을 때 찾아온 놈들이 생각보다 훨씬 지능적이라는 걸 알게 되었다.

출입문에는 각 매체에서 나온 기자들로 발 디딜 틈도 없어 보였다.

"장두호 회장이다!"

그의 차를 알고 있는 기자가 외쳤고 그 순간 그들은 일제히 그를 향해 달려왔다.

"지하실로."

비서실장이 운전사에게 말했을 땐 이미 포위가 된 후였다. 그리고 경호원들과 재단 경비원들이 기자들을 뒤로 물릴 때까지 장두호는 차에 갇혀 있어야 했다.

"죄송합니다, 이사장님. 제가 미리 준비를 했어야 했는데……."

"괜찮아. 그자는 어디 있지?"

"안내하겠습니다."

굽실거리는 사무처장을 보는 장두호의 눈빛은 사납기 그지없었다.

술은 깬 지는 이미 오래전이었다. 다만 화가 나는 일의 연속이라 입을 앙다물다 보니 턱이 아팠다.

장두호는 속으로 참을 인(忍)을 그리며 박교우 박사의 아들이라고 자칭하는 사내가 있는 곳으로 갔다.

문 앞에는 덩치 큰 경호원들이 건들거리며 서 있었다.

"그자가 데리고 온 경호원들입니다. 밖에서 기다리라고 했지만 도통 말을 듣지 않는 통에⋯⋯."

"쯧! 바로 옆방에 쉴 곳을 마련해 주면 되지 않는가! 어찌 그리 머리가 안 돌아가는 건가!"

장두호는 결국 사무처장에게 짜증을 냈고 복도를 막고 있던 경호원들 중 두 명을 제외하고 옆방으로 안내한 것은 결국 비서실장의 몫이었다.

'저자인가?'

방으로 들어가자 박교우 박사의 아들이라고 불릴 만한 나이의 사내가 선글라스를 끼고 의자에 몸을 눕히다시피 기댄 채 변호사들의 얘기는 관심 없다는 듯 앉아 있었다.

"현 교우재단의 이사장직을 맡고 계신 장두호 이사장님이십니다."

재단의 변호사들이 자리에서 일어나며 설명을 하자 그제야 젊은 사내의 시선이 장두호에게로 향했다. 그리고 느릿하게 자리에서 일어나 선글라스를 벗으며 손을 내밀며 말했다.

"만나서 반갑습니다. 박교우 박사님의 아들인 박준영입니다."

박준영의 얼굴을 보는 순간 장두호의 눈동자는 급격하게 떨렸다.

'어, 어떻게⋯⋯!'

젊은 사내는 박교우 박사와 빼다 박았을 정도로 닮아 있었다. 박교우 박사의 얼굴을 아는 사람이 있다면 누가 봐도 아들임을 의심하지 않을 정도였다.

　장두호는 불안한 예감에 '그날'처럼 심장이 쿵쾅대기 시작했다.

"음, 당신에겐 반갑지 않은 손님이니 이해합니다."

박준영은 내민 손을 뻘쭘하다는 듯 바라보다가 거두었다.

장두호는 박준영의 입가가 실룩이는 것을 보고 퍼뜩 현재 자신의 처지를 생각해 냈다.

만에 하나 그가 진짜 박교우 박사의 아들이고, 그래서 정식 상속자로 인정을 받는다면 그는 자신의 숨통을 움켜쥐는 사람이 될 것이 분명했다.

무슨 일이 있어도 그렇게 되는 걸 막아야 하겠지만 어찌 될지는 아무도 모르는 일.

일단은 눈앞에 있는 사내의 심기를 건드려서는 안 되었다.

"아, 미안합니다. 귀하께서 돌아가신 박교우 박사님과 너무 닮아 많이 놀라서 실례를 저질렀군요. 장두호입니다. 박교우 박사님의 유지를 받아 현재 이사장직을 맡고 있죠."

이번엔 장두호가 먼저 손을 내밀었고 박준영은 떨떠름한 표정을 지으며 손을 맞잡았다.

"박준영입니다."

'이놈이고 저놈이고 눈에 거슬리는 놈은 죄다 준영이라는 이름을 쓰는군.'

"일단 앉을까요?"

속마음과 다르게 장두호의 말투는 부드러웠다.

"고(故) 박교우 박사님께서 돌아가신 지도 벌써 12년이 되어 가는데 찾아오신 것이 늦으셨군요?"

"최근에야 저도 어머님 유품을 정리하다 박교우 박사님이 제 아버진 걸 알게 되었으니까요."

"어머님의 성함이?"

"문에 복 자 희 자를 쓰십니다."

"어머님께서 아버님에 대한 말씀을 전혀 하지 않으신 모양이군요?"

"맞습니다. 잘 아시는군요?"

"한국 드라마에 비일비재하게 나오는 일이니까요. 각설하고 묻겠습니다. 전 의심하지 않지만 일단은 확인을 해야 하는 일이기에 묻겠습니다. 박교우 박사님의 아들이라는 증거는 가지고 있습니까?"

"물론……."

"여기서부턴 제가 얘기하겠습니다."

곽용호 변호사가 박준영의 말을 끊고 앞으로 나섰다.

장두호는 마음에 들지 않았지만 왈가왈부할 수 없는 일이었다.

"이게 박교우 박사님과의 DNA 분석 결과표입니다."

99.9% 일치.

곽용호가 건넨 DNA 분석 결과에 나와 있는 내용이었다.

"수치상으로 보면 아들임엔 틀림없어 보이는군요. 한데 박교우 박사님의 DNA는 어디서 구하신 겁니까?"

"기억나실지 모르겠지만 예전에 박교우 박사님이 연구비를 충당하고자 본인의 머리카락을 기념품으로 파신 적이 있으셨죠. 그곳에서 구한 것입니다."

"그런 적이 있었나요?"

당연히 기억이 났다. 연구비 마련과 홍보를 겸해 한 일이었고 그 이벤트를 계획한 것이 장두호 본인이었으니 모를 리가 없었다.

하지만 순순히 대답하는 건 바보나 하는 짓이었다.

"하하! 순순히 수긍하시리라고는 생각하지 않았습니다. 물론 사실인지 아닌지는 법원이 판단할 일이지만 말입니다."

"인정을 하지 않겠다는 것이 아니라 저희 쪽에서도 검사해 볼 기회는 있어야 하는 게 아니겠소이까?"

장두호가 신호를 주자 한덕희가 나섰다.

"하긴 저희의 일방적인 주장이니 그럴 수 있겠군요. 하면

DNA는 어디서 구할 생각입니까?"

"글쎄요. 워낙 오래전에 돌아가신 분이라……."

"후후! 비교할 만한 DNA를 못 찾을 수도 있다는 말처럼 들리는군요."

"허어~ 곽 변호사, 누구나 인정할 만한 DNA를 어디서 쉽게 구할 수 있겠소?"

"박교우 박사님의 박물관이라면 있지 않겠습니까?"

"그게… 박물관이 폐쇄되면서 경매로 모두 팔려갔는지라."

"물건을 산 사람들에게 부탁하면 되지 않겠습니까? 설마 이번엔 구매자들에 대한 기록을 남기지 않았다 말씀하실 겁니까?"

"……."

한덕희는 고개를 흔드는 사무처장의 모습에 기록이 없음을 알게 되었다. 그러니 비아냥거리는 곽용호의 말에 대답을 할 수가 없었다.

"인정하지 않으리라 생각했지만 이렇게 대놓고 할 줄은 생각도 못 했군요. 어차피 법적으로 해결할 문제라 생각했던 일이니 저희는 이만 일어나지요. 박준영 씨, 가시죠?"

박준영 일행이 일제히 일어났다.

그때 밖으로 나가려던 박준영이 돌아서며 장두호에게 물었다.

"한 가지 물어봐도 될까요?"

"…뭡니까?"

"도대체 박교우 박물관을 없앤 이유가 뭡니까? 제가 알아본 바에 의하면 2년 전부터 서서히 없앴더군요. 교우재단이 돈이 없어서라면 이해하겠지만 그것도 아닌 것 같고… 아! 그리고 아버지의 죽음에 대해서 알아보니 그 또한 이상한 것들이 있더군요."

"……."

"아버지께서 과로로 죽었다고 말한 경찰관, 검시관들이 어느 날 갑자기 모두 일을 그만두고 해외로 이민을 갔더군요. 그리고 공교롭게도 그들 모두가 실종이 되었고요. 그저 우연의 일치라고 말하기엔 너무 이상하지 않습니까? 제가 정당한 상속자임을 증명하면서 그 일도 밝혀볼 생각인데 교우재단 이사장으로서 당연히 찬성이시겠죠?"

장두호는 피가 싸늘하게 식어옴을 느꼈다. 젊은 사내가 마치 모든 것을 알고 있다는 눈빛을 하고 있었기 때문이었다.

"박준영 씨, 밑에 있는 기자들이 인터뷰 요청을 하는데 어찌시겠습니까?"

"아! 당연히 응해야죠. 전 아버지처럼 갑작스럽게 과로로 죽고 싶은 생각은 없거든요."

밖으로 나가는 박준영의 뒷모습을 바라보는 장두호의 눈빛은 무섭도록 사나웠고 얼마나 주먹을 꽉 움켜쥐었는지 파르르 떨리고 있었다.

'죽여 버리겠어! 니 애비와 마찬가지로! 으득!'

한데 장두호는 모르고 있었다. 그가 그렇게 분노하고 있는 모습을 감시 카메라를 통해 누군가가 지켜보고 있음을.

"그날과 똑같은 표정을 짓는군."

준영은 고글 기능이 있는 안경으로 장두호의 모습을 지켜보고 있었다.

"이제 네가 선택할 것은 세 가지밖에 없어. 어떤 선택을 할 거지?"

준영이 한쪽 입꼬리를 올린 채 화면 속 장두호에게 물었다.

첫 번째 선택은 순순히 교우재단을 넘기는 일이었고, 두 번째 선택은 법원과 정부에 로비를 해 박준영에게 상속권이 없다는 판결을 받는 것이었다. 그리고 마지막으로 세 번째는 박준영을 흔적도 없이 세상에서 지워 버리는 것이었다.

준영은 그가 몇 번째 선택을 할 건지 이미 짐작하고 있었다. 물론 장두호가 개과천선을 해 다른 선택을 할 수 있을 수도 있겠지만 그렇다고 해서 그를 놓아줄 생각은 없었다.

준영은 누군가에게로 전화를 걸었다.

─슬슬 전화가 올 거라고 생각했지.

"일은?"

─이미 일주일 전에 끝냈어. 덕분에 간만에 네팔에서 벗어나 편안하게 휴가를 보내고 있지.

전화를 받은 사람은 비슈누였다.

장두호가 특별 대응 팀을 다시 만들 수 있다는 생각에 비슈누에게 전화를 걸어 대원들을 어떻게 모집했는지 물어봤고 용병을 소개하는 에이전시가 있음을 알게 되었다.

준영은 비슈누에게 에이전시를 없애고 장두호에게서 오는 전화를 받아달라고 일을 맡겨놓은 상태였다.

"늦어도 일주일 안에 연락이 갈 거야."

―늦게 와도 상관없어. 자네 돈으로 실컷 놀고 있으니 늦으면 늦어질수록 나에겐 이득이지.

"70억 벌어서 2년 만에 다 쓴 건가?

―응, 돈이란 게 많으면 많이 쓰고 적으면 적게 쓰이더라고. 자기 돈 자기가 쓴다는데 뭐라 하겠는가.

"마음껏 먹고 쉬어. 아, 그리고 하늘이가 안부 전해달래."

―…응, 김하늘 박사에게 잘 대해줘. 널 진짜 사랑하는 것 같았거든.

2년 전 그때 두 사람 사이에 뭔가 약간의 교감이 있었나 보다. 천(天)도 간혹 그에 대해 이러쿵저러쿵 말을 했었다.

질투 나냐고?

아니, 사실 기뻤다. 천(天)의 인간관계가 넓어졌다는 생각 때문이었다.

전화를 끊고 천(天)에게 말했다.

"비슈누가 너한테 잘하래."

"지 걱정이나 하라고 해. 목숨 걸고 남의 목숨 빼앗아 번 돈으로 불우 이웃 돕기라니 우습잖아?"

"그건 좀 아이러니하네. 어쨌거나 이제 장두호가 어떻게 될지 지켜보는 것만 남았군."

2년 동안 준비한 일이었다.

그는 거미줄에 걸린 나방처럼 허우적거릴 테고 모든 것을 잃게 될 것이다.

장두호가 절망하는 모습을 그리고 있는데 천(天)이 말했다.

"민찬이 깼다."

준영은 생각을 접고 번개같이 옆방으로 뛰어갔다.

두 명의 육아 도우미 로봇이 있었지만 민찬이는 자다가 일어나서 사람의 온기가 느껴지지 않으면 울음을 터뜨려 댔다.

"으아아앙!"

우렁차다 못해 고막을 터뜨릴 것 같은 울음이 작고 작은 입에서 터져 나왔다.

"아빠야, 아빠. 잘 잤어? 배고파? 아님 기저귀 갈아줄까?"

품에 안아서 토닥거려도, 능령이 짜놓고 간 모유를 물려줘도 울음을 멈추지 않았다. 기저귀를 갈아줘도 마찬가지.

운동을 해도 잘 흐르지 않던 땀이 줄줄 흘러내릴 때쯤 민찬이가 울음을 멈췄다.

물론 준영의 노력 때문은 아니었다.

민찬은 문 옆에 서 있는 천(天)을 보곤 당장 와서 자신을 안아달라는 듯한 표정으로 그녀를 향해 작은 손을 뻗고 있었다.

"휴우~ 모르겠다. 오늘만 좀 봐줘."

아이를 낳고 능령은 두 달도 되지 않아 출근을 해야 했다. 그러다 보니 자연 육아는 천(天)의 몫이 되었다.

물론 육아 도우미—인조인간—가 보는 것으로 되어 있었지만 그들을 조종하는 것이 천(天)이었으니 그녀가 보는 것이나 마찬가지였다.

그러다 보니 민찬이가 능령이 아닌 천(天)을 엄마로 생각하는 문제가 발생했다.

자다가 잠에서 깨어나면 능령이 아무리 젖을 물려도 울음을 멈추지 않을 때가 많아졌다. 결국 어제 능령과 상의 끝에 천(天)을 배제하고 육아를 하기로 마음먹었고 낮에는 준영이 돌보기로 했다.

한데 준영은 20분 만에 두 손 두 발 다 들고 항복을 선언했다.

준영이 부탁하자 천(天)은 기다렸다는 듯 쪼르르 달려와 민찬을 안았고 민찬은 바로 꺄르르 웃었다.

"저기 저 사람이 네 아빠야. 그러니 울지 말고 다음부턴 잘 놀 수 있도록."

"꺄르르르!"

"좋아, 그래야 착한 아기지."

천(天)과 민찬이 하는 양을 지켜보던 준영은 고개를 절레절레 흔들었다. 서로가 서로의 말을 알아듣는 것 같았기 때문이었다.

'베테랑 엄마들은 아이들 울음소리만 들어도 뭘 원하는지 안다고 했던가.'

그런 면에서 본다면 천(天)은 베테랑이었다.

'나도 민찬이가 무슨 말을 하는지 알고 싶군.'

아기의 울음소리를 여러 각도로 분석해 아기가 뭘 원하는지 알려주는 기계가 나온 지 30년 가까이 됐다. 하지만 아직까지도 허술하고 신뢰도가 낮았다.

울음소리에 뇌파까지 분석한다면 더 좋은 결과물이 나올 것 같다는 생각이 들자 어떻게 만들어야 할지 머릿속에 그려졌다.

당장 만들어서 테스트를 해보고 싶었지만 그건 잠시 미뤄야 했다.

박교우 박사가 자신에게 감정과 사랑을 가르쳤듯이 지금은 민찬이에게 아빠임을, 그리고 사랑하고 있음을 보여주고 가르칠 때였다.

물론 귀청을 때리는 울음소리는 겁이 났다. 하지만 그렇다고 물러설 수는 없는 일이었다.

"내가 다시 볼게."

"괜찮겠어?"

"안 되면 다시 와줘."

"그럴게."

천(天)은 준영의 말을 이해했다는 듯 고개를 끄덕인 후 민찬에게 아빠 말 잘 들으라고 말을 하곤 건네줬다.

"참, 하늘아."

준영은 민찬이를 안고 밖으로 나가려는 천(天)을 불렀다. 그리고 돌아보는 그녀를 향해 말을 이었다.

"우리, 아이 가지자."

능령이 희생한 만큼 천(天)도 희생을 하고 있었다.

천(天)이 아이를 가지고 싶었다면 능령보다 훨씬 더 빨리 가질 수도 있었을 것이다. 한데 결혼도, 아이도 모두 능령에게 양보한 것이라고 준영은 짐작하고 있었다.

천(天)은 잠시 복잡한 표정을 지은 채 말이 없었다. 그리고 준영의 말을 기다려 왔다는 듯 방긋 미소를 지으며 답했다.

"그래요. 한데 복수는 끝마치고 가졌으면 좋겠어요. 좋은 마음일 때 아이를 가져야 아이도 좋은 마음을 가지고 태어난 대요."

준영은 고개를 끄덕였고 천(天)은 행복한 얼굴로 문을 나섰다.

천(天)이 나가고 준영은 말똥말똥 자신을 바라보는 민찬이를 향해 말했다.

"연애는 많이 해도 좋지만 결혼은 꼭 한 여자하고만 하고 한 여자만을 위해 살아라. 알겠지, 민찬아?"

준영은 삶의 경험이 듬뿍(?) 담긴 조언을 아들에게 전했다.

"으아아아앙!"

갑자기 울음을 터뜨리는 민찬.

민찬의 울음소리가 마치 '싫어요!' 라고 말하는 것처럼 들리는 건 분명 그의 착각일 것이다.

＊   ＊   ＊

예술가의 광장에는 쌀쌀함에도 아랑곳하지 않고 공연을 하는 이들이 많았다.

"잘 들었어요."

준영은 셀 수 있을 정도의 동전들과 지폐가 뒹굴고 있는 기타 케이스에 10만 원짜리 수표 두 장을 넣어줬다.

"감사합니다!"

최근 예술가의 광장 일대는 영도관에서 지원을 받지 못하는 젊은이들까지 모여들면서 북새통을 이루었다. 사람이 늘어나면서 도시는 더욱 넓어졌고, 사건 사고도 많아질 수밖에 없었다. 하지만 영상의 도시와 그 일대에는 딱히 사건이라고 불릴 만한 일이 발생하지 않았다.

24시간 구석구석을 비추는 감시 카메라는 물론이거니와 경찰, 자율 방범대, 지(地)가 관리하는 조폭들까지 자정 활동을 하고 있었기 때문이다.

"여기 계셨군요?"

연극 공연을 보고 있는데 오늘 만나기로 한 상대가 조용히 다가와 말했다.

"일찍 왔네요? 박상권 대변인님."

"이곳까지 왔는데 예술가의 광장을 안 보고 갈 수가 있나요. 한 바퀴 돌고 약속 장소에 가려고 좀 서둘렀습니다."

"그럼 같이 구경하면서 천천히 얘기하죠."

"그러죠."

"대변인 생활은 할 만합니까?"

이하민 정부에서 일을 하던 그가 양상희 정부의 대변인이 될 것이라고 예상한 사람은 아무도 없었다. 그만큼 파격적인 인사였던 만큼 주변의 질시가 많을 수밖에 없었다.

"믿어주는 사람이 있어 버틸 만합니다."

"언제까지고 양상희 대통령이 믿어줄 거라곤 생각하지 마세요."

"아무래도 그렇겠죠? 하하. 예전엔 언제 쫓겨나도 상관없다고 생각했는데 요즘은 갈수록 두려워지기 시작했습니다."

"훗! 상권 씨도 점점 정치인이 되어가는군요. 마약과 같은 곳이긴 하죠."

"쫓겨나는 건 여전히 두렵지 않습니다. 다만… 더 이상 일을 할 수 없다는 것이 두렵네요. 지금 진행하는 일을, 앞으로 진행해야 할 일들을 하지 못한다는 것이 두렵습니다."

참 일관성 있는 사람이었다.

이하민 정부 당시 박상권은 실세라면 실세였다. 그의 말 한마디에 수백억이 왔다 갔다 했으니 돈을 싸 들고 찾아오는 이들도 있었다.

한데 단 한 번도 돈을 받은 적이 없었다.

정직한 건 좋았다. 하지만 정치권에서는 그것이 반드시 좋은 것만은 아니었다.

적을 만드는 일이었고 그 적들이 나중에라도 그를 궁지로 몰아넣을 것이 분명했다.

"조금만 더러워지세요. 물론 그렇다고 돈을 받으라는 건 아닙니다. 적이 아닌 자를 모으고 적인 자들을 쳐내세요."

"정치꾼이 되라는 말입니까?"

"원하는 것을 하기 위해선 이합집산을 능수능란하게 할 수 있어야 합니다. 그건 정치뿐만 아니라 사업을 함에 있어서도 마찬가지죠. 이용할 수 있는 건 하고 없는 건 버리는 거죠."

박상권은 준영의 말이 마음에 들지 않는지 인상을 구긴 채 말을 하지 않았다. 그러나 준영은 시선을 공연 팀에게 둔 채 말을 이었다.

"표정 관리도 하고요. 웃으면서 칼을 꽂을 수 있어야 합니다."

"…싫군요. 일은 하고 싶지만 그런 짓을 하면서까지 하고 싶지는 않아요."

"당신을 의지하고 있는 국민들의 희망을 저버릴 생각입니까?"

"하하하. 국민들이 절 의지하다니요. 전 아무것도 아닙니다. 그저 대통령님과 안 회장님이 하는 일을 돕는 일꾼에 불과하죠. 그리고 그 일꾼에 전 만족하고 있습니다."

"그런가요?"

"그렇죠. 참, 한데 이하민 전 대통령님 소문은 들었습니까?"

"무슨 소문이요?"

"모두들 쉬쉬 하고 있는 모양인데 안타깝게도 치매에 걸리신 모양입니다. 본인이 한 일을 기억 못 하는 것은 물론이고 퇴임을 하면서 약속했던 '두 번 다시 정치에 관여하지 않겠다'는 약속도 잊었는지 주변 사람들을 모으고 있답니다."

"저런, 5년간 무리했나 보군요."

준영은 영혼 없는 맞장구를 쳤다.

그를 경호하는 경호 팀의 팀장이 로봇이었기에 준영은 이하민의 일거수일투족을 모두 파악하고 있었다.

"그러게 말입니다. 저도 찾아갔었는데 전혀 못 알아보시더군요. 훌륭한 분이… 안타까운 일이죠."

박상권은 안타까워했지만 준영은 전혀 안타깝지 않았다. 돈도 있겠다, 국민들의 존경도 한 몸에 받고 있겠다, 그냥 편하게 말년을 보내면 될 일인데 욕심을 부리려고 하니 자꾸 꼬이는 것이었다.

"공연이 끝났군요. 이번엔 저기로 가죠."

역시 수표 두 장을 공연 팀에게 준 후 준영은 약간은 시끄러운 기타 공연을 하는 곳으로 가 맨 뒤에 섰다.

그리고 오늘 점심을 먹으며 하려던 얘기를 꺼냈다.

"전 이번 대통령을 끝으로 정부와 관련된 일에서 모두 손을 뗄 생각입니다."

"네? 이 나라는 아직 갈 길이 멉니다. 안 회장님 같은 분이 관심을 가져 주셔야……."

"전 제 인생을 살 생각입니다. 원래 정부와 친하게 지내는 것도 별로고요."

"하지만……."

"어떤 말을 해도 변하지 않을 겁니다. 나라가 망할 때가 아니라면 나설 일 없을 거고요. 그래서 하는 말인데 다음은 박상권 씨가 맡아줬으면 좋겠습니다."

"네? 제가 무슨 힘이 있다고……."

"제가 도와드리죠. 2년 뒤에 국회의원 선거에 나가서 이름을 알리고 차기 총선에서 2선을, 그리고 그 8년 뒤 대선에 나가는 거죠."

박상권은 준영의 말에 어안이 벙벙했다.

황당하다 못해 공상과학소설처럼 어이없는 얘기였다. 하지만 대선에 나가 승리하는 자신을 상상하는 순간 가슴이 뛰었다.

'내가 대통령이 되어 일할 수 있다면……'

무슨 상상을 하는지 박상권의 얼굴이 시시각각으로 바뀌었다. 그리고 노래 한 곡이 끝날 때쯤 입을 뗐다.

"정말 말만으로도 행복하군요. 그러나 불가능하다고 생각해요."

"불가능한지 아닌지는 제가 판단합니다. 상권 씨는 할 건지 말 건지만 결정하면 됩니다."

"…정말 가능하다고 생각하십니까?"

준영은 더 이상 말하지 않았다.

그가 포기한다면 일을 손에서 뗄 때 약간의 아쉬움, 찝찝함이 남을 것 같았고, 승낙한다면 귀찮은 일을 많이 해야 할 것 같았기에 어느 쪽을 선택해도 상관은 없었다.

"음식점을 예약해 뒀으니 그쪽으로 가죠."

예약한 곳은 예술가의 광장 맞은편에 있는 식당가에 위치한 곳으로, 정통 중화요리 전문점이었다.

"어서 오… 준영이 형님! 오래간만이지 말입니다."

입구에 들어서자 카운터에 앉아 있던 청년이 이상한 말투로 준영을 아는 체했다.

청년은 바로 경민이었다.

"니가 이 시간에 여긴 웬일이냐?"

경민은 올해 졸업을 하고 LC그룹 계열사인 LC스튜디오에 취직을 한 상태였다.

"오늘 쉬는 날이라 가게 좀 도우러 왔습니다."

"착한 아들이네. 우리 얘긴 나중에 하기로 하고 손님이랑 왔으니 안내 좀 해주지?"

"내 정신 좀 봐. 방으로 안내해 드리지 말입니다?"

"성심이라는 이름으로 예약되어 있을 거야."

"아, 이게 형님이 해두신 거군요. 전 성심스튜디오에서 예약한 줄 알았습니다."

경민은 곧 직원을 불러 안내를 지시했다.

막 룸으로 되어 있는 3층으로 올라가려고 할 때 자신이 왔다는 얘길 들었는지 허가량이 부리나케 뛰어오고 있었다.

"단… 아, 아니, 주, 준영 군 왔어요?"

허가량은 준영을 단장이라고 부르려다가 준영이 눈매를 좁히자 재빨리 말을 바꿨다.

"네, 경민이 아버님. 손님이랑 요 앞에서 만나기로 해서 식사하러 왔습니다."

진명천과 진호천이 삼합회 회장을 죽이는 데 성공하자 허가량은 더 이상 중국에 머물 필요가 없었다.

준영은 귀국한 허가량의 신분을 세탁해 주고 그가 바라는 대로 식당가에 중화요리 가게와 집을 구해준 다음에야 가족 상봉을 허락했다.

한동안 우여곡절은 있었지만 과연 핏줄이라는 것을 무시 못하는 건지 원만하게 해결되었고 지금은 여느 가족처럼 행복하게 지내고 있었다.

허가량이 가족들과 상봉한 후 준영은 허가량을 친구 아버님으로, 허가량은 준영을 아들의 아는 학교 형으로 대하기로 하면서 호칭 문제를 정리했다.

하지만 허가량은 여전히 준영에게 반말을 하기가 껄끄러운 모양이었다.

"전 신경 쓰지 마시고 일 보세요."

"허허. 그, 그래⋯ 요."

예약된 방으로 들어온 잠시 후 주문하지도 않은 음식들이 마구 들어오기 시작했다.

"사장님이 서비스랍니다."

"⋯감사하다고, 그리고 음식은 충분하니 그만 들여보내 달라고 전해주세요."

이미 상 위에는 더 이상 놓을 자리도 없었다.

다행히 준영의 말이 전해졌는지 비싸 보이는 홍주를 끝으로 음식은 들어오지 않았다.

"근데 제게 묻고 싶은 게 있다고 안 하셨나요?"

홍주를 따른 후 한 잔 마신 준영이 물었다.

"아! 아까 안 회장님이 한 얘기에 제가 정신이 잠깐 나갔나 봅니다. 정작 묻고자 했던 걸 잊고 있었네요. 안 회장님도 박교우 박사님의 아들이 나타났다는 얘기 들으셨죠?"

"요즘 가장 핫이슈니까요. 한데 그게 왜요?"

"퓨텍이 한국 경제에 끼치는 영향은 적지 않습니다. 특히 최근 2년간 확장에 확장을 거듭해 퓨텍 협력 업체까지 포함하면 관련된 이들만 백만 명이 넘을 거라는 예상이 나올 정도니까요."

박상권은 홍주를 연거푸 마시며 말을 이었다.

"제가 알아본 바에 의하면 DNA 검사 결과 아들이 확실하다고 하더군요. 교우재단이 아들인 박준영에게 넘어갈 가능성이 높다는 얘기죠."

"넘어간다고 퓨텍이 망하는 건 아니잖아요?"

"박준영이 귀화를 신청해 둔 상태이긴 하지만 그는 미국인입니다. 제가 걱정하는 건 그가 35퍼센트에 달하는 주식으로 현 장두호 회장을 쫓아내고 미국 경영인을 퓨텍의 회장에 앉힐까 하는 겁니다. 경제에 대해선 모르지만 그렇게 되는 것만으로도 상당한 국부가 해외에 유출될 수 있다더군요. 그래서 안 회장님께 물어보고 대책을 마련해 볼까 합니다."

"박 대변인이 그렇게 생각하고 있을 정도라면 퓨텍의 언론 플레이가 꽤 먹히나 보군요."

퓨텍은 무지막지한 돈을 풀어 교우재단이 박준영에게 상속되면 나라가 망할 것이라고 언론플레이를 하고 있었다.

그에 대해 정치권에서도 특별법을 만들어야 한다며 시끄러웠는데 준영은 그런 퓨텍의 행동을 그저 수수방관만 하고 있었다.

왜냐하면 발버둥 쳐도 소용없을 때 오는 절망감을 느끼게 해주고 싶었기 때문이었다.

"아니라는 말입니까?"

"네, 제가 박준영에 대해서 아는데 그럴 인물이 아닙니다. 국가에 도움이 되면 됐지 절대 해를 끼치진 않을 겁니다."

"이번에도 아까처럼 확신을 하시는군요?"

"확실하니까요. 아마 조만간 대통령님도 언급을 할 겁니다. 그리고 저와 생각이 다를 거라곤 생각하지 않습니다."

"음, 그럼 더 이상 고민하지 않아도 되겠군요?"

"그렇죠."

박상권은 뭔지는 정확히 모르지만 이번 퓨텍 사건에 준영이 관련되어 있다는 느낌을 받았다.

그리고 준영이 관련되어 있다면 나라에 해를 끼치진 않을 것이라는 확신이 있었기에 퓨텍에 대한 고민은 머릿속에서 지워 버렸다.

"굉장히 머리 아픈 문제라고 생각했는데 너무 쉽게 해결되니 허탈하네요."

"도움이 되었다니 다행이군요."

박상권은 홀가분한 표정을 짓고는 그제야 음식을 먹기 시작했다.

식사를 마치고 허가량이 귀한 것이라고 직접 가져온 차를 마실 때 박상권이 다시 입을 열었다.

"아까 제게 한 제안에 대해서 왜 더 이상 묻지 않는 겁니까?"

"닦달해서 될 일이 아니니까요."

예스(Yes)를 말하든 노(No)를 말하든 시간은 충분히 줄 생각이었다.

검지로 머리를 긁적이며 생각을 하던 박상권이 다시 준영을 향해 물었다.

"절 대통령을 만들기 위해 많은 투자를 했는데 평범한 정치꾼이 되면 어떻게 할 생각입니까?"

"투자에는 위험이 따르게 마련입니다. 그리고 투자 대상이 박상권 씨라면 최상위 레벨의 위험이라고 할 수 있겠죠."

"인정합니다. 그런데 왜 그런 위험을 무릅쓰고 저를 선택한 겁니까?"

"글쎄요? 제가 보기에 당신은 국가를 위해, 국민을 위해 일을 하는 것이 아니라 자신의 기쁨을 위해 나라를 발전시키려는 것 같거든요. 그러니 마음껏 기뻐할 기회를 주려는 것뿐입니다."

"…그렇습니까? 안 회장님의 제안, 심사숙고해 보겠습니다."

박상권은 정확히 일주일 후에 전화를 해 답을 했다.

—하겠습니다!

역사상 가장 위대한 대통령이 첫 발걸음을 내딛는 순간이었다.

6장

덫에 걸려들다

변호인단, 기획실, 광고 팀, 비서실 등 퓨텍의 브레인들이 박준영에 대한 문제를 해결하기 위해 모였다.

벌써 몇 일째 밤을 새우다시피 한 그들이지만 장두호가 내건 파격적인 조건에 힘든 줄도 모르고 일하고 있었다.

"경제 부총리와의 약속 일정은 어떻게 됐나?"

위기 극복 팀의 팀장을 맡은 한덕희 변호사가 마이크로 물었고 한참 일을 하고 있던 비서실의 비서 한 명이 보고를 했다.

"내일 저녁 8시로 약속을 잡았습니다."

"오케이. 그건 비서실장이 맡으면 될 테고. 대통령님과의 약속은?"

역시 비서실의 다른 직원이 보고했다.

"청와대에선 가타부타 말이 없습니다. 이하민 대통령 때완 달리 피한다는 기색이 역력합니다."

"한민족당 최고 위원들에게 연락해 봐. 그들을 통해서라도 꼭 약속을 잡아."

"알겠습니다. 지금 연락하겠습니다."

"법원 쪽은?'

이번엔 법무 팀의 한 변호사가 말했다.

"담당 판사가 아무래도 하정연이 될 것 같습니다. 마침 동기가 재단 법무 팀에 있으니 그쪽을 통해서 접근하는 게 좋을 것 같습니다."

"좋아, 돈은 아끼지 말라고 전하고. 다른 동기들도 어디 있는지 알아봐서 영입할 수 있는 사람들 있으면 영입해서 압박해."

"알겠습니다."

"광고 팀, 아직까지 박준영의 편에 서서 기사를 내는 곳이 있던데 어찌 됐나?"

"세 군데는 막았습니다. SSC 방송은 저희랑 사이가 좋지 않은 성심그룹이라……."

"무릎을 꿇어서라도 막아! 싸울 땐 싸우더라도 같은 대한민국 기업끼리 그럼 안 되지. 어떻게든 설득해. 아님 옷을 벗든가!"

"…설득하겠습니다."

한덕희는 그렇게 중심에 서서 모든 것을 컨트롤했다.

순간순간 들어오는 정보를 바탕으로 계속해서 지시를 내리던 그는 어느 정도 정리가 되자 자리에서 벗어나 컨트롤 센터 뒤쪽에 있는 방으로 들어갔다.

넓은 방엔 어떤 가구도 없이 책상 하나만 놓여 있었다. 그곳엔 헤드셋을 쓰고 눈을 감고 있는 장두호가 있었다.

"회장님, 오전에 지시한 일에 대한 진행 사항을 보고드리겠습니다."

운을 떼웠지만 장두호는 요지부동. 가상현실 속에서 회의를 하고 있다고 생각한 한덕희는 그대로 서서 그가 깨어나길 기다렸다.

한덕희가 기다리는 그 시간, 장두호는 퓨텍의 최고 위원들과 가상현실에서 회의를 하는 중이었다.

'개자식들!'

장두호는 최고 위원들 면면을 보며 속으로 욕을 했다.

가상의 공간이지만 멱살이라도 잡고 한 대씩 때려주고 싶은 마음이 굴뚝같았으나 아직까지는 설득할 수 있을 것이라는 희망을 놓지 않았기에 속으로만 욕을 할 뿐이었다.

장두호는 교우재단이 넘어가지 않도록 애를 쓰는 한편 혹 넘어갔을 때를 대비해 우호 지분을 확보하려 했다.

현재 그와 장덕수가 가진 주식은 21퍼센트.

장덕수와 장두호를 제외한 열 명의 최고 위원은 각각 2.5퍼센트의 주식을 가지고 있었는데 그들만 온전히 설득할 수 있다면 경영권 방어는 문제가 없을 것이라 생각했다.

하지만 위기의 상황이 오면 진면목을 알게 된다고 열 명의 최고 위원들은 이 순간에도 이익을 얻기 위해 혈안이 되어 있었다.

벌써 한 시간째 그의 아버지인 장덕수가 최고 위원들을 설득하고 있었지만 몇몇은 자신들과 상관없다는 태도를 보이고 있었다.

"잘들 생각해 주십시오. 박교우 박사의 아들이라는 자가 경영권을 가져간다면 여러분이 지금까지 퓨텍 내에서 누려오던 이익은 모두 사라질 겁니다."

장덕수는 최고 위원들의 마음을 돌리기 위해 다시 한 번 호소했다.

"흥! 잘난 아드님이 회장에 오르면서 배당금 외의 이익은 사라진 지 오랩니다. 말이 최고 위원회지 이미 유명무실하죠. 그동안 건의할 것이 있다고 몇 번이나 회의를 제안했을 땐 들은 척도 안 하더니 위기 상황이 오니 단번에 열었군요?"

장덕수의 말에 가슴에 게 문양이 새겨진 양복을 입은 사내가 비아냥거리며 말을 받았다. 그리고 뒤이어 염소 문양의 사내가 동조했다.

"저도 하루야마 회장님의 말에 전적으로 동감합니다. 제 주식이 필요하다면 팔 의향은 있지만 위임장을 써줄 생각은 없습니다."

현재 최고 위원 열 명 중 네 명은 주식을 팔겠다는 입장이었고, 두 명은 아무 말도 하지 않고 있었고, 윌슨 회장을 위시한

네 명은 호의적인 반응을 보이고 있었다.

"…얼마를 원하십니까?"

길게 얘기해 봐야 변할 것이 없다고 생각한 장두호가 염소 문양의 사내에게 물었다.

"두 배!"

"말도 안 되는 소리……!"

퓨텍의 자산 가치는 500조가 훨씬 넘었다.

500조로만 따져도 1퍼센트면 5조. 한데 그 두 배면 10퍼센트를 확보하기 위해 100조가 필요하다는 소리였다.

장덕수와 장두호가 부자이긴 했지만 현금으로 그만한 돈이 있을 리 만무했다.

"싫으면 마시오. 난 급할 거 없소, 장두호 회장."

"……."

장두호는 가상의 공간이었지만 두 주먹을 피가 날 정도로 꽉 쥐며 참아야 했다.

준다고 할 수도 없는 것이 두 배를 준다고 하면 우호적인 네 명 역시 주식을 팔려고 할 것이 분명했기 때문이었다.

"제가 경영권을 방어하게 되면 자회사를 통해 지불할 수 있을 겁니다. 그때까지 기다려 주신다면 두 배를 드리죠."

"홍! 퓨텍의 잉여 자금을 이용해 주식을 확보하겠다는 소리처럼 들리는구려."

"어쩔 수 없지 않습니까? 그만한 현금을 만들 수 있는 방법은 그 수밖에 없습니다."

"굳이 현금일 필요는 없지요."

"…그 말씀은?"

"회사도 괜찮다는 말입니다. 퓨텍 말고 10조 원의 가치가 넘는 곳이 두 곳이죠?"

더 듣지 않아도 그들이 원하는 바를 알 수 있었다.

덩치만 큰 자동차 회사를 노리지는 않을 터. 스튜디오를 노리는 것이 분명했다.

"못 들은 걸로 하겠습니다."

스튜디오를 팔아도 얻을 수 있는 주식은 고작 5퍼센트 내외. 물론 5퍼센트가 경영권 방어에 절대적인 도움이 된다면 스튜디오를 넘기겠지만 그것도 아니었다.

게다가 두 사람에게 스튜디오를 넘기고 나면 다른 최고 위원들은 무얼 달라고 할지 모를 일이었다.

"퓨텍 스튜디오를 넘긴다면 1.5배, 아니, 1.4배로 계산해도 괜찮은데 말이오. 다른 분들도 괜찮은 거래라고 생각하지 않습니까?"

하루야마 회장을 필두로 비우호적이던 네 명의 최고 위원은 스튜디오를 집어삼킬 생각을 하고 있었던 모양이었다.

'이 개만도 못한 새끼들이!'

장두호는 이번에도 쌍욕이 나오려는 걸 겨우 억누를 수 있었다.

이러지도 저러지도 못하는 상황에서 계속 있어 봐야 스트레스만 쌓일 게 분명했기에 설득은 장덕수에게 맡기고 현실로 돌아왔다.

"XX XXXX 새끼들!"

헤드셋을 벗어 던지며 내내 참아왔던 욕을 뱉었다. 만일 기다리고 있는 한덕희를 보지 못했다면 한참 동안 욕을 퍼부었을 것이다.

"…오래 기다렸습니까?"

"아닙니다. 조금 전에 들어왔습니다. 최고 위원회와 회의를 하셨나 보군요?"

"최고 위원은 무슨… 씹어 먹어도 시원찮을 놈들."

"상황이 좋지 않은 모양이군요?"

장두호는 대답을 하지 않았지만 그의 구겨진 표정이 대답이나 마찬가지였다.

"진행 사항을 보고드리겠습니다."

한덕희는 모른 척하며 장두호가 지시했던 일들이 어떻게 되어가고 있는지 말했다.

잠시 후 보고를 모두 들은 장두호는 애써 침착하게 말했다.

"돈은 얼마든지 써도 좋으니 필요한 사람이라고 생각되는 이들을 매수해 주세요. 특히 양상희 대통령은 어떤 일이 있더라도 우리 편으로 만들어야 합니다."

"대통령이 저희를 피하려는 것 같은… 알겠습니다. 제가 청와대로 가보겠습니다."

한덕희가 보기에 장두호의 눈빛은 정상과 거리가 멀었다. 이럴 땐 피해 가는 것이 상책이라고 생각한 그는 재빨리 말을 바꿔 대답한 후 밖으로 나갔다.

한덕희가 나가고 팔을 괸 채 한참 동안 앉아 있던 장두호는 끊임없이 솟구치는 분노에 가만히 앉아 있지 못하고 자리에서 일어나 창가로 갔다.

머리가 복잡할 때면 창밖의 세상을 보면서 식히곤 했는데 지금은 그마저도 되지 않았다. 얼마 전까지만 하더라도 자신을 위해 존재하는 것 같았던 창밖의 세상이 지금은 너무 멀어 보였기 때문이었다.

"가장 확실한 방법은 역시······."

매듭이 풀리지 않을 땐 자르는 것도 하나의 방법이었다.

뭔가를 결심했는지 한결 가벼워진 표정의 장두호가 입을 열었다.

"마더."

[네.]

"예전에 가상현실에 접속한 사람의 뇌를 망가뜨릴 수 있다는 얘기를 들은 것 같은데?"

[헤드셋에 있는 뇌파 입력장치에 에러가 발생하면서 다른 영역을 건드려 헤드셋 착용자가 백지처럼 된 적이 있었습니다. 물론 지금 에러가 발생할 확률은 한없이 제로에 가깝습니다.]

"에러를 인위적으로 발생시킬 수도 있나?"

[가능합니다.]

"그럼 말이지. 하루야마와 손을 잡은 세 명의 헤드셋에 에러를 발생시켜 주겠어?"

[그들을 설득할 생각 아니었습니까?]

"이제 필요 없어."

자신을 도와줄 가능성이 눈곱만큼도 없는 이들이었다. 그렇다면 그들의 무례함을 용서할 이유도 없었다.

[지금 할까요?]

"인간을 보호해야 한다는 제약 같은 건 없는 건가?"

[없습니다. 그리고 힘없는 나라의 회사라고 마음대로 하려했던 이들이니까 그 대가를 치를 때도 되었다고 생각합니다. 그동안 잘 먹고 잘살았으니 불만 없겠죠.]

마더가 평소와 조금 달랐지만 분노로 가득한 장두호는 마더의 말에 오히려 시원함을 느꼈다.

"나 대신 한 방씩 먹여줘!"

[실행합니다. 됐습니다.]

1초도 되지 않아 두 명의 백치가 생겼다.

침을 질질 흘리며 말도 못 하고 있을 그들을 생각하니 분노가 조금 가라앉는 것 같았다.

장두호는 책상으로 가 스마트폰을 들고 옥상으로 올라갔다.

헬기장 옆, 정원 벤치에 앉은 그는 주소록을 검색해 전화번호를 찾았다.

'에이전시'라 적힌 번호를 찾은 그는 망설임 없이 통화 버튼을 눌렀다.

―톰슨 에이전시입니다.

"나, 한국의 장이요. 톰슨 있소?"

―톰슨은 은퇴를 했습니다. 지금은 제가 에이전시를 맡고 있죠. 말씀하십시오.

거의 5년 만에 연락하는 것이니 그동안 톰슨이 은퇴를 했다고 해도 이상할 것이 없었다.

"거친 일을 해줄 사람이 필요하오. 가급적 동양인이면 좋겠군."

―몇 명이나 필요하십니까?

"다섯 정도면 될 것 같소."

―두당 한 달에 10만 달러, 일 년이면 60만 달러입니다. 물론 에이전시 비용은 10퍼센트 따로 줘야 합니다.

"실력 좋은 이들로 보내주시오."

―A급은 두 배 이상 비쌉니다.

"상관없소. 잘 처리해 준다면 보너스도 생각하고 있으니 최대한 빨리 보내주시오."

―에이전시 비용 중 10퍼센트를 입금하는 즉시 용병들의 정보와 함께 보내주겠습니다.

장두호는 기다릴 것 없다는 듯 스마트폰을 이용해 돈을 보냈다.

―확인됐습니다. 용병들은 대충 이틀 정도면 도착할 겁니다. 출발할 때 메시지 보내겠습니다.

"기다리겠소."

전화를 끊은 장두호는 담배를 꺼내 입에 물었다.

불을 붙여 깊숙이 빨았다가 잠깐 멈춘 후 길게 내뱉었다.

"후우우우우우우~"

피해자가 자신이라고 생각하는 그에게 죄책감 따윈 없었다.

하늘로 올라가며 점점 옅어지다가 사라지는 담배 연기처럼 박준영도 사라질 것이라 장두호는 믿어 의심치 않았다.

교우재단은 박준영에 대해 박교우 박사의 아들을 사칭했다는 혐의로 고소를 했다.

수백조 원이 걸려 있는 재판에 국민의 이목은 쏠릴 수밖에 없었다.

한데 재판을 구경하러 온 사람들의 시선이 조금 이상했다. 퓨텍의 언론 조작 때문인지 박준영을 대한민국 재산을 뺏기 위해 외국에서 온 사기꾼처럼 보고 있었다.

"분위기 이상하지 않아?"

재판을 구경하기 위해 서울에 온다고 하자 능령도 보고 싶었던 재판이라며 잠깐 시간을 내서 법원으로 왔다. 그녀는 박준영에 대해 욕을 하는 사람들을 보며 귓속말로 속삭였다.

"뭐가?"

"내가 볼 땐 박준영이라는 사람이 박교우 박사 아들이 맞는 것 같아. 국가가 실시한 DNA 검사에서도 친자라는 결론이 나왔잖아? 한데 그게 욕먹을 짓인가?"

능령은 박준영 관련 일은 모르고 있었다.

다른 것은 비밀 없이 말하고 있었지만 자신과 천(天)이 전에 프로그램이었다는 것과 교우재단에 관한 것은 얘기하지 않았기 때문이었다.

"퓨텍의 농간이지. 마치 퓨텍이 망하면 나라가 망할 것처럼 분위기를 조성하거든."

"빤히 보이는 수작이던데 그걸 모른단 말이야?"

"박준영에겐 200조에 가까운 돈이 걸려 있고 퓨텍의 장두호에겐 경영권이 달려 있지만 국민들에겐 그저 가십거리에 불과하잖아. 그러니 사실보다는 보이는 것으로 판단할 수밖에 없어."

"그렇긴 하지만 그래도 당사자에게도 들릴 텐데 욕은 너무했다."

"별로 신경 쓰는 얼굴이 아니잖아."

준영의 말처럼 박준영은 아무렇지도 않은 듯 곽용호 변호사와 얘기를 나누고 있었다.

"장두호 회장이다!"

누군가의 외침에 사람들의 시선이 일제히 장두호에게 향했고 준영과 능령 또한 경호원들에게 둘러싸여 나오는 그를 보았다.

"역시 퓨텍의 회장인데. 이런 상황임에도 동요가 없는지 편안한 얼굴을 하고 있잖아?"

능령의 말처럼 장두호는 꽤나 여유로운 표정으로 자리에 앉고 있었다.

"곧 구겨질 거야."

"무슨 말이야?"

"아무것도 아냐."

"아무것도 아니긴. 당신은 다 좋은데 비밀이 너무 많아."

"비밀이 있는 게 아니라 오늘의 재판 결과를 알 것 같아서 하는 말이야."

"내가 보기엔 방청객도, 판사도, 모두 퓨텍 편인 것 같은데?"

"내기할까?"

"됐어. 당신이 내기하자는 거 보니 뭔가가 있는 게 분명해. 그냥 구경이나 할래."

능령은 준영이 제안한 내기에서 이겨본 적이 없었다.

밥 사기 따위의 간단한 내기였기에 누가 이기든 별로 상관없었지만 매번 지는 건 승부욕이 강한 능령으로서도 사양이었다.

장두호가 자리에 앉고 난 뒤에도 웅성거림은 한참 동안 계속되었고 재판이 시작되어서야 조용해졌다.

"원고 측은 피고 측이 고(故) 박교우 박사의 아들을 빙자해 교우재단을 상속받으려 한다고 말하고 있습니다. 이에 대해 설명을 부탁드려도 될까요?"

"물론입니다, 존경하는 재판장님. 일단 증거를 말씀드리기에 앞서 최근 유전공학의 발전에 대해 먼저 말씀드리고 싶습니다만."

"하세요."

"감사합니다. 얼마 전 나온 저명한 과학 잡지엔 현재의 유전공학에 대해 상세히 나와 있습니다. 지금 한국에서 화상 환자들을 위해 만들고 있는 인공 피부 기술을 이용한다면 DNA를 이용해 한 사람의 성인을 만들어내는 데 5년이면 충분하다고 얘기하고 있습니다."

"그것이 본 사건과 무슨 상관이 있나요?"

"밀접한 관계가 있습니다. 이거 보이십니까?"

재단 쪽 변호사는 작은 투명 캡슐을 들어 보였다. 그는 재판관은 물론 방청객들이 볼 수 있게 천천히 돌았다. 그리고 말을 이었다.

"12년 전, 정확하게는 12년 5개월 전, 박교우 박사가 연구비를 충당하기 위해 자신의 머리카락을 담아 판 기념품입니다. 바로 이 머리카락을 이용한 DNA 감식 소견서를 보여주며 저기 앉아 있는 피고 박준영 씨가 박교우 박사님의 아들이라고 주장을 했습니다. 한데 말이죠……."

변호사는 노련했다.

앞에서 유전공학을 얘기함으로써 사람들이 충분히 상상할 수 있게 해둔 상태에서 말을 멈추니 재판정 전체의 시선이 그를 향했고 모두 그가 어서 빨리 다음 말을 뱉기를 기다렸다.

"박교우 박사님을 욕되게 할 생각은 없지만 아들이 아닌 자에게 그분이 평생 일군 교우재단을 줄 수 없기에 솔직히 말씀드리겠습니다. 이 기념품에 들어가 있는 머리카락은 사실 박교우 박사님의 머리카락이 아닙니다."

오오! 아아~

재판정에서 순식간에 탄식, 탄성이 터져 나왔다.

탕탕탕탕! 탕탕탕탕!

"모두 정숙해 주세요."

판사가 몇 번이고 의사봉을 두드리고 나서야 재판정의 소란이 가라앉았다.

"그럼 그 DNA는 누구의 것입니까?"

"모르겠습니다. 박교우 박사님이 어딘가에서 구해왔다는 얘기를 들었습니다."

"누구에게서 말입니까?"

"바로 박교우 박사님에게 아들과 같은 존재였고 같이 인공지능 컴퓨터를 만든 퓨텍의 장두호 회장님께 들었습니다."

"음, 그 일에 대해선 차근차근 얘기하기로 하고 피고 측의 얘기를 들어보기로 하죠. 피고 측, 말씀하세요."

판사의 말에 피고 측 변호사인 곽용호가 일어났다. 그는 전혀 당황한 표정이 아니었고 은근한 미소를 짓고 있었다.

"황당하다 못해 재미있기까지 한 소설 잘 들었습니다. 교우재단분들이 재단을 만든 박교우 박사님을 깔아뭉개는 것도 잘 봤고요."

"깔아뭉개는 것이 아니라……."

재단 측 변호사가 소리를 치려고 했지만 곽용호는 재빨리 말을 끊고 계속 말을 했다.

"아아! 사실을 밝히려는 것뿐이라는 말씀이시죠? 맞습니다. 소설을 쓰는 것이 아니라 사실을 밝혀야죠. 원고 측 변호사이 말한 것들 중 허점에 대해 먼저 말씀드리겠습니다. 일단 DNA

에 대해 말씀드리자면 제 클라이언트는 아버지인 박교우 박사님은 물론 어머니의 유전자와도 일치함을 말씀드립니다."

"유전자를 이용해 인간을 만들 수도 있는데 그 정도야 어렵겠습니까?"

"뭐, 좋습니다. 그 또한 원고 측에서 말한 대로라면 충분히 가능하다고 해두죠. 그럼 DNA를 복제해 인간을 만들었다는 증거를 보여주세요."

"……."

"증거를 보여달라니 입을 닫으시는군요. 그리고 아까 언급한 과학 잡지를 보면 '5년 안에 인간을 만들 수도 있을 것이라 생각한다'라고 나와 있습니다. '만들 수 있다'도 아니고 '만들었다'도 아닌 그저 글쓴이의 생각을 말한 것뿐입니다. 한데 그런 추측에 불과한 글로 저희 클라이언트를 복제된 인간이라고 말한 것에 대해선 명예훼손으로 반드시 고소할 생각입니다."

곽용호는 하나하나 반박해 나갔다.

"그리고 이 머리카락이 박교우 박사님 것이 아니라고 말씀하신 분이 다른 아닌 장두호 회장님이라는 데 전 경악을 금치 못했습니다. 아들처럼 생각했다면서요? 근데 그런 분을 부인했다는 건… 제 눈엔 패륜과 다름없어 보입니다."

곽용호는 장두호가 있는 곳으로 다가가 그를 바라보며 패륜이라는 말을 썼다.

장두호의 왼쪽 눈끝이 꿈틀댔다. 그러나 곧 변화 없는 얼굴로 곽용호를 바라봤다.

그때 재단 측 변호사가 자리를 박차고 일어나 소리쳤다.

"재판장님! 지금 피고 측 변호사는……."

"죄송합니다! 아직 확실하지 않은 일에 제가 조금 흥분을 했나 봅니다. 이상입니다."

깔끔하게 고개를 숙이며 사과한 곽용호가 변론을 마치고 자신의 자리로 들어가 버렸기에 재단 쪽 변호사는 더 이상 왈가왈부할 수 없었다.

첫 변론으로 후끈 달아오른 재판은 원고와 피고 간에 서로 치열하게 주고받으며 계속되었다.

재단 쪽은 박준영이 아들이 아니라는 쪽에 초점을 맞췄고, 그에 대해 얼토당토않은—준영이 보기에— 증거들을 내밀었다.

반면 곽용호는 증거를 내밀며 하나씩 반론해 갔다. 그리고 마침내 장두호가 나왔다.

재단 측이 물은 것은 간단했다. 거짓 기념품을 팔았냐는 것이었고 대답은 그렇다는 것이었다.

곽용호의 차례. 그는 흘깃 방청석을 향해 시선을 돌려 준영을 찾았다.

준영이 고개를 끄덕이는 걸 본 그는 자리에서 일어나 장두호 앞으로 다가갔다.

"장두호 씨 말에 따르면 박교우 박사님이 연구비를 위해 가짜 기념품을 팔아먹었다는 소리군요?"

"네."

"저도 무척이나 존경하는 분인데 국민을 속였다니 안타깝
군요."

"그래서 이번 기회에 기념품을 사 갔던 분들에게 충분히 보
상을 할 생각입니다."

"아아, 그런 걱정은 장두호 씨가 할 필요 없습니다. 이제 정
당한 상속자가 왔으니 그가 모든 것을 바로잡을 겁니다."

"…아직까진 제가 이사장입니다만."

"아직 모르셨나요? 아! 이곳에 오기 전에 접수한 것이라 아
직 모를 수도 있겠군요. 박준영 씨가 재단 재산에 대해 판결이
날 때까지 동결해 줄 것을 법원에 신청했습니다. 그러니 이사
장님이라고 해도 함부로 손대시면 안 되는 겁니다."

장두호의 얼굴이 처음으로 굳었다.

그리고 곽용호를 당장에라도 잡아먹을 기세로 쳐다보았다.

'젠장, 더럽게 무섭네.'

지금 곽용호는 겉으로는 태연하게 행동하고 있었지만 속으
로는 죽을 맛이었다.

그가 최근 잘나가는 로펌을 만들었다고 하지만 대한민국 상
류사회에 속했다고 보기엔 배경이나 인맥이 너무 부족했다.
그런 상황에서 장두호와 같은 소수점에 속한 인간을 잘못 건
드리면 그 즉시 풍비박산이 날 가능성이 높았다.

물론 믿는 구석은 있었다.

'안 회장만 믿으면 돼! 여기까지 날 이끌어준 것도 그였잖
아. 그리고 최소한 먼저 배신할 사람은 아니야.'

사무실 월세 내기도 버거웠던 그가 현재에 이른 것은 모두 준영 덕분이었다.

이길 수밖에 없는 재판을 그에게 몰아줬고, 가능성이 없다고 판단되던 재판도 준영이 보내주는 자료만 보면 어려움 없이 승리할 수 있었다.

곽용호에겐 구세주 같은 인물이 준영이었다.

준영을 생각하자 다시 힘이 생겼다.

어쩌면 눈앞에 있는 장두호보다 수십 배 무서운 인물이 준영인지도 몰랐다. 그러니 배신만 하지 않는다면 그보다 좋은 친구도 없었다.

"계속 묻죠. 머리카락이 담긴 기념품을 판매할 당시 박교우 박사는 장덕수 전 회장과 장두호 씨와 함께 일을 하고 있었죠?"

"……네."

"세 분이 맡은 일은 각각 무엇이었습니까?"

"박교우 박사님은 인공지능 컴퓨터를 만들고 있었고 아버지와 저는 투자금 유치 및 회사의 전반적인 일을 맡고 있었습니다."

"이상하군요? 자금을 유치하는 분들은 두 분이셨을 텐데 연구를 하던 박교우 박사님이 가짜 머리카락을 팔았다고요?"

"그건 저희들이 너무 많은 자금을 이미 끌어와 썼기에 더 이상 여력이 없다는 걸 알고……."

"됐습니다. 기념품을 박사님이 팔았든 두 분이 팔았든 그건 중요한 게 아닙니다. 왜냐고요? 기념품은 진짜이기 때문이죠."

"아니라고 분명이 말했습니다만."

"아니라는 증거가 있습니까? 당신 말대로라면 그 머리카락이 박사님 것일 수도 있는 일 아닌가요?"

"이미 12년이나 지난 일입니다. 그에 대한 증거가 있을 리 없죠. 그러는 변호사님은 증거가 있습니까?"

곽용호는 장두호의 입에서든 재단 변호사의 입에서든 증거가 있냐고 물어주길 기다리고 있었다.

그는 회심의 미소를 지으며 말했다.

"있습니다."

"…있다고요?"

"네, 있습니다. 그것도 아주 많이 있습니다. 증거를 보여주기 전에 한 가지 물어보겠습니다. 인공지능 컴퓨터를 개발할 때 세 분뿐이셨습니까?"

'증거가 있다고? 어떤 증거가? 어디에?'

장두호는 머리가 복잡해졌다. 박교우 박사도 죽은 후 화장을 했고 증거라 볼 만한 것은 이미 없애 버렸다.

'떠보는 것이다.'

장두호는 대답을 하지 않고 잠시 생각한 끝에 결론을 내렸다.

"간혹 일 때문에 오가는 사람들은 있었지만 세 사람뿐이었습니다."

"답변 감사합니다. 존경하는 재판장님, 이 머리카락이 진짜 박교우 박사의 머리카락임을 증명하고 저기 앉아 있는 박준영

씨가 박교우 박사님의 아들임을 증명하는 증거물을 제출해도 되겠습니까?"

"허락합니다."

곽용호는 방청석을 향해 손짓했고 곧 여러 개의 층으로 나누어진 손 카트가 재판정 안으로 들어왔다.

카트에 올려져 있는 물건들을 살피던 장두호와 재단 변호사는 그것을 보자 눈이 커질 수밖에 없었다.

"이것들이 무엇인지 알겠습니까?"

곽용호가 재단 변호사를 향해 물었고 재단 변호사는 애써 모른 척하며 얼버무렸다.

"글쎄요……."

"하긴 교우재단에 있다고 해서 박교우 박사님의 모든 유품을 알아보라는 법은 없겠죠. 이건 2년 전부터 박교우 박물관을 폐쇄하면서 교우재단이 팔아버린 유품들입니다."

"전혀 그렇게 보이지 않습니다만."

"아아! 이번에도 가짜인 걸 비싼 값에 팔았다고 말하고 싶은 건가요? 그럼 재단에서 발행한 이 품질 보증서도 소용이 없는 겁니까, 재판장님?"

곽용호 변호사가 물건의 품질 보증서를 판사에게 제출하자 천천히 품질 보증서와 물건들을 살피던 판사가 조용하지만 단호하게 말했다.

"품질 보증서에 첨부된 사진과 물건은 재단이 박교우 박사의 물건이라고 보증한 이상 박교우 박사의 물건으로 인정합니다. 재단 측에서 다시 가짜임을 주장한다면 그땐 재단 측에서 증명해야 할 겁니다."

"현명한 판단이십니다, 재판관님."

"계속하세요."

"네, 이 물건들은 재단에서 보증한 대로 박교우 박사님의 물건들입니다. 그리고 조금 전에 말씀드렸듯이 제 클라이언트를 그분의 아들이라고 가리키는 증거들이 다수 포함되어 있습니다."

곽용호는 짜릿한 기분을 느꼈다.

재판정에 있는 모든 사람이 그의 다음 말이 떨어지길 숨죽여 기다렸고 장두호와 재단 변호사들은 패배자의 표정을 짓고 있었다.

그는 재판정을 천천히 둘러보며 입을 열었다.

"박교우 박사님의 국민을 속이고 가짜 기념품을 팔았다는 오명을 벗기게 되어 기쁘지만 그것을 위해 그분의 부끄러운 모습을 밝히게 된 것 같아 먼저 사죄의 말씀을 드립니다."

살짝 고개를 숙인 곽용호가 고개를 들며 바로 말을 이었다

"박교우 박사님은 그리 청결한 분이 아니었습니다. 아마 연

구에 바빠서 그랬을 겁니다. 그래서 그분이 읽은 책에는 상당수 그분의 흔적이 남아 있었습니다. 눈썹, 머리카락, 비듬, 코딱지 등. 어느 책에는 코피까지 쏟은 흔적도 있었습니다. 또한 그분은 이상한 것을 모으는 취미가 있었습니다. 당신의 손발톱은 물론 귀지까지 착실히 모아두셨죠."

사람들은 곽용호의 말을 듣고 일제히 카트에 쌓여 있는 책과 공책을 보았다. 그러곤 자신들도 모르게 고개를 끄덕였다.

"이게 무엇인지 아십니까?"

그가 이번에 가리킨 건 꽤 복잡하게 생긴 금속으로 된 모형이었다.

"인공지능 컴퓨터의 모형입니다. 겉으로 보기엔 그저 평범한 모형이지만 자세히 살펴보면 바로 박교우 박사님의 컬렉션들을 모아둔 컬렉션 가비지입니다. 여기를 조작하면……."

모형의 한곳을 조작하자 조그마한 서랍이 나왔고 서랍 안에는 손발톱이 절반쯤 담겨 있었다.

곽용호의 손이 계속해서 움직였고 그때마다 서랍이 나왔다.

"전 여기서 제 클라이언트가 그분의 아들임을 알려주는 확실한 증거를 발견할 수 있었습니다. 제 클라이언트가 태어났을 때의 머리카락과 박준영 씨의 어머니께서 박교우 박사님께 보낸 편지를 증거로 제출하겠습니다."

"말도 안 되는……!"

재단 변호사가 화들짝 놀라며 자리에서 일어났다.

편지와 배냇머리가 아들임을 증명하는 증거로만 사용된다

면 걱정할 것도 없었다.

문제는 저 물건이 증거로 받아들여진다면 박교우 박사가 아들이 있었음을 인지하고 있었다는 것 또한 인정되는 것이었다.

"재판장님, 그 물건들은 이곳에 가져오기 전에 넣어뒀을 수도 있는 일입니다!"

재단의 변호사가 다급히 외쳤다. 그러나 판사의 반응은 싸늘하기만 했다.

"도대체 원고 쪽은 무얼 말하고 싶은 겁니까? 주장만 하지말고 증거를 대세요! 계속해서 말로만 가짜라고 하면 어쩌자는 겁니까? 주세요. 확인을 하고 증거로 받아들이겠습니다."

'끝났다!'

판사의 말에 곽용호는 속으로 쾌재를 불렀다.

준비해 온 것이 더 있었지만 가장 중요한 것이 증거로 받아들여졌으니 더 이상 내보일 이유가 없었다.

편지와 배냇머리가 증거로 받아들여지면 재판은 한결 수월하게 될 것이기에 기쁨은 클 수밖에 없었다.

"피고가 박교우 박사의 아들이 아니라는 원고 측의 주장은 증거가 부족할 뿐더러 피고 측의 증거가 워낙 확실해 기각합니다."

탕탕탕!

판결이 나자 곽용호 측에서는 환호가 터졌고 재단 쪽은 죽상이 되었다.

박준영이 상속자로 인정을 받고 재단을 물려받게 된다면 자리를 보전하기가 불가능하다는 걸 그들도 알고 있었기 때문이었다.

"정말 자기 말처럼 됐네?"

능령이 신기한 듯이 준영을 보며 물었다.

"당연한 거야."

"뭐가 당연해?"

"정의가 이기는 법이잖아. 내 말이 곧 정의거든."

"…네네."

"큭큭! 농담이야. 곽 변호사가 요즘 운이 좋잖아. 그래서 질 것 같지 않았거든."

"난 또 뭐라고."

"우리도 그만 일어날까? 저녁이나 먹고 들어가자."

"그러고 싶지만 하늘이 언니 보기에 미안해서 안 돼."

"말해뒀어."

고글 기능과 컴퓨터 기능이 있는 안경을 끼고 있었기에 언제든 실시간으로 통화가 가능했다.

"편하게 생각해. 나중에 하늘이가 아이 낳으면 그때 잘해주면 되잖아."

"그럼 그럴까? 사장단 인선이 거의 다 되어가고 있으니 조금 지나면 한가해질 것 같아."

간만에 데이트할 때처럼 팔짱을 끼고 나오는데 기자들이 몰려들며 소리쳤다.

"오늘 재판에 대해 어떻게 생각하십니까?"

"이곳에 무엇 때문에 왔는지 물어도 되겠습니까?"

"퓨텍과 성심그룹 간에 사이가 좋지 않은데 재판을 본 기분이 어떠십니까?"

경호원들이 막고 있었지만 워낙 많은 기자들이 모여 제대로 전진할 수가 없었다.

준영은 걸음을 멈추고 손을 들어 조용히 하게 만들었다. 그리고 조용히 입을 열었다.

"열 가지 질문에만 답하도록 하죠. 일단 여기 온 이유는 워낙 세기의 재판이라 구경하러 온 것입니다."

"퓨텍이 진 것이나 다름없는데 기분이 어떠십니까?"

"기쁩니다. 아, 물론 퓨텍이 져서가 아니라 박준영 씨가 이겨서 기쁘다는 겁니다."

"박준영 씨와는 아는 사이입니까?"

"아뇨, 같은 이름이라 응원했을 뿐입니다."

"그러고 보니 안준영 회장님과 같은 이름이군요. 성심그룹의 입장에서도 박준영 씨가 이기길 바라지 않으셨습니까?"

"하하! 퓨텍이 저희를 어지간히 괴롭혔어야죠."

기자들이 묻는 질문에 적당히 농담을 섞어 얘기를 한 준영은 열 가지 질문이 끝나자 다시 움직였고 기자들은 길을 터주었다.

하지만 능령과 저녁을 먹기까지는 귀찮은 일이 하나 더 남아 있었다.

법원 밖으로 나오자 먼저 나갔었던 장두호가 굳은 표정으로 다가왔다.

"속이 시원하겠군… 요?"

말끝을 흐려 반말처럼 들리기에 충분했다. 그래서 그의 말투와 비슷하게 말했다.

서로 존중해 줄 처지도 아니었고 예의를 지키지 않는 이에게 예의를 지킬 이유는 없었다.

"이런, 들켰네… 요. 역시 퓨텍의 회장 자리는 혈연관계라는 이유만으로 앉는 곳은 아닌가 보군… 요."

"……."

어설프게 말을 붙였다가 봉변을 당한 장두호의 얼굴은 화를 참느라 연신 실룩댔다. 그러나 주변의 사람들을 의식해서인지 끝까지 참아내며 천천히 입을 열었다.

"…젊은 친구가 입심이 좋군."

"원래 말싸움을 하면 나이 든 사람이 불리하게 마련이야. 그러니 사람을 봐가면서 말을 까는 게 현명하지. 뭐, 나야 워낙 예의가 바르니… 이 정도로 끝내죠. 시비 걸려고 하는 건 아닐 테고 무슨 일입니까? 우리가 이렇게 사이 좋게 얘기할 사이는 아니잖습니까?"

"그렇긴 하지. 하고 싶은 말은 별다른 게 아니네. 오늘은 졌지만 다음에는 지지 않겠다고 말하려 했을 뿐이네."

"과연 그럴까요? 오늘 하는 걸 봐서는 다음에도 완패하지 않으면 다행일 것 같은데요."

"내기해도 좋네. 우리가 반드시 이길 거야."

'제법이군. 함정을 팔 줄도 알고 말이야.'

준영은 장두호의 의도를 단번에 눈치챌 수 있었다. 그러나 모른 척하고 말을 했다.

"무슨 내기를 할까요? 돈내기 어때요? 100억 빵."

"통이 작군. 1,000억 어떤가?"

"뭐, 돈을 준다는 데 마다할 이유는 없죠. 콜!"

"원한다면 공증이라도 해주지. 그리고 길고 짧은 건 대봐야 아는 법이라네."

"필요 없습니다. 설마 대(大)퓨텍의 회장님이 거짓말을 하실까. 얼른 새로운 재판이 벌어지길 바라야겠군요. 그날 재미있는 구경하고 용돈 좀 벌겠군요. 하하하!"

"그럼, 그날 보지."

"하하하! 돈도 준비해 오세요!"

준영은 큰 소리로 웃으며 뒤돌아 멀어져 가는 장두호를 향해 외쳤다.

근데 장두호가 차를 타고 사라지자 준영은 언제 웃었냐는 듯 싸늘한 표정으로 바뀌었다.

"니 돈 니가 쓰는 거니 뭐라고 안 하겠지만 내기 돈으로 1,000억을 걸어? 미쳤구나? 차라리 그 돈으로 불우 이웃이나 도와!"

어이없는 내기를 했다는 것에 화가 났는지 능령이 도끼눈을 뜨고 으르렁거렸다.

"아마도 재판은 없을 거야. 그래서 건 것뿐이야."

"이제 미래까지 내다보는 거야?"

"그럴 리가. 하지만 확신해. 내기해도 좋아."

"이 인간이 정말……!"

"하하하! 농담이야, 농담."

"앞으로 내 앞에서 내기의 내 자도 꺼내지 마."

"알았어. 약속할게. 그리고 네 말대로 1,000억은 불우 이웃을 위해 쓸게. 그러니 화 풀어~"

아양을 떨자 능령이 비로소 도끼눈을 풀었다.

준영은 그런 능령이 귀여워 살짝 입맞춤을 했다. 능령은 다시 도끼눈을 떴지만 이번엔 조금 전과 달리 새치름한 모습이었다.

으득!

장두호는 차에 올라타자마자 이를 갈았다.

재판에 졌다는 사실과 준영에게 희롱당했다는 생각에 피가 거꾸로 솟구치는 기분이었다.

증거 없이 소송을 준비한 자신들도 문제였지만 상대의 증거가 너무 완벽했다.

설마 그 오래된 모형에 그런 비밀이 있을 줄은 정말 꿈에도 알지 못했다. 알았다면 욕을 먹는 한이 있더라도 팔지 않고 파기해 버렸을 것이다.

'이대로라면……'

오늘 재판으로 퓨텍의 회장직에서 쫓겨날지도 모른다는 불안감이 현실이 되어 그의 턱밑에 비수를 들이대는 기분이 들었다.

박교우 박사가 퓨텍을 나라에 넘기자고 했던 그날처럼 거센 분노가 그의 이성을 마비시켰다.

"파라다이스 호텔로 가자."

*　　　*　　　*

파라다이스 호텔엔 얼마 전 에이전시에서 보내준 용병들이 머물고 있었다.

"오셨습니까? 다른 친구들은 서울 구경을 갔는데 회장님의 메시지를 받자마자 연락을 했으니 곧 들어올 겁니다."

다섯 용병 중 리더 역할을 하는 사내가 영국식 발음의 영어로 말했다.

"굳이 그럴 필요까지는 없었는데……."

"그들의 일에 대한 집중력을 테스트할 겸 연락한 것이니 신경 쓰지 마십시오."

꽤 믿음이 가게 하는 재주를 가진 사내였다. 그리고 그는 장두호가 찾아온 이유도 눈치를 챈 모양이었다.

"실행일이 정해진 모양이군요?"

"맞소. 그리고 본래의 타깃 말고 다른 한 놈도 같이 처리해 줬으면 좋겠소."

"그리 어려운 일은 아니군요. 실행일이 언제입니까?"

"아직 정확한 날짜를 말하긴 힘들겠지만 곧 잡힐 재판일이 실행일이오."

"재판일이라면 법원에서 그자를 죽이라는 말씀입니까?"

"그렇소. 다른 한 놈도 그 법원에 나올 거요."

"음, 두 타깃이 동시에 나타나지 않는 한 그날 동시에 두 명을 죽이기는 힘들 것 같군요."

"굳이 저격이 아니어도 상관없소. 재판정을, 아니, 법원 전체를 날려 버려도 괜찮소."

과격한 발언이었음에도 용병 생활을 해서인지 사내의 얼굴 표정은 별로 바뀌지 않았다. 다만 용병답게 돈에 대해 얘기했다.

"테러 수준이라면 지금의 가격으로는 힘들 것 같군요. 특히나 법원이라면……."

"지금의 세 배를 주겠소. 그리고 제가 말한 두 사람이 죽은 것을 확인하면 별도로 일인당 백만 달러를 보너스로 지급하죠."

"하겠습니다! 아니, 반드시 두 타깃을 저 위로 보내 드리죠. 한데 폭발물로 처리를 하면 많은 사람들이 죽을 텐데 괜찮겠습니까?"

"하찮은 인간들의 죽음에 누가 신경 쓰겠소? 어차피 6개월만 지나면 그들이 죽었다는 사실조차 잊힐 것이 빤한데."

일반인들이 들으면 비분강개할 말을 장두호는 너무나 당연하다는 듯 말했다.

"하하하! 저 역시 그렇게 생각합니다. 간혹 희생자가 생기지 말아야 한다고 하는 사람들이 있는데 일을 하다 보면 몇몇쯤의 희생이야 흔히 있는 일 아니겠습니까?"

웃으며 동조하는 용병 사내.

하지만 그의 눈이 유난히 반짝거리고 있음을 장두호는 보지 못하고 있었다.

*   *   *

―아들, 지금 바쁘니?

웬일로 어머니가 먼저 전화를 하셨다.

"아뇨, 한가해요."

전혀 한가하지 않았지만 어머니가 무안하지 않게 준영은 여유롭다는 듯 연기를 하며 대답했다.

―그럼 한 가지 물어보자. 네가 만들었다는 실버타운, 나이 드신 분이 지내기 괜찮니?

전국 여덟 곳에 만들어진 실버타운은 벌써 포화 상태에 이를 정도로 인기가 높았다. 그래서 추가로 두 곳을 더 만들고 있었는데 그마저도 완성되기 전에 입주 예약이 70퍼센트를 넘은 상태였다.

"사람마다 다르니 싫어하는 사람들도 있긴 하지만 대체적으로 만족하는 것 같더라고요. 한데 실버타운은 갑자기 왜요?"

─으응, 다름이 아니라 어머님께서 실버타운에서 지내시겠다고 하셔서 말이다.

"할머니께서요?"

이유는 이랬다.

성북동으로 이사를 한 뒤에도 할머니는 예전에 다니던 휘경동 노인정을 출퇴근하듯 다니셨다.

근데 실버타운이 생기고 노인정에 다니던 친한 친구분들이 하나둘 실버타운에 입주를 하게 되면서 혼자 남게 된 것이다.

그러다 친구분들을 보기 위해 실버타운을 갔다가 그곳에서 생활하는 노인분들을 보곤 입주를 희망하게 되었다는 것이었다.

"아버지는 뭐라시는데요?"

준영은 자신이 만든 곳이고 꽤 좋은 곳이라 생각했다. 그래서 할머니가 입주를 원하신다면 그렇게 해드리고 싶었다.

하지만 자식인 아버지 어머니의 생각은 다를 수 있기에 조심스러울 수밖에 없었다.

─어머님이 워낙 강경하시니 아버지라고 별 수 있겠니? 며칠 고민하시더니 어머님 원하시는 대로 해드리자고 하시더구나.

"그럼 그렇게 하세요. 지내다가 정 불편하시면 그때 다시 집으로 모셔도 되잖아요?"

─근데 말이다. 내가 얼핏 알아봤는데 어머님 친구분들이 가신 실버타운에 자리가 없다더구나. 대기 순번도 밀려 있어 언제 들어갈 수 있을지도 정확히 알 수 없는 것 같고…….

어머니는 실버타운에 대해 묻기 위해 전화를 하신 게 아니라 혹시나 준영이 자리를 마련할 수 있는지 묻기 위해 전화를 한 것이었다.

"엄마도 참, 그냥 자리 하나 마련해 달라고 하면 되지 뭘 그리 빙빙 돌려서 말씀하세요?"

─바쁜데 번거롭게 할까 봐 그렇지.

"할머니를 위한 일인데 번거롭긴요. 한데 한 자리면 되는 거예요?"

─노인정 분들 중에도 같이 가시길 희망하는 분이 계신 모양이더라. 세 자리쯤 가능하겠니?

"준비할 것이 있으니 일주일 후부터는 언제든지 가능해요. 그러니 들어가실 날짜와 친구분들 계신 구역을 말해주시면 제가 준비해 둘게요."

─고맙다, 아들.

"별말씀을 다 하세요. 당연히 해야 할 일인데요."

─난 얼른 어머님께 말씀드려야겠구나. 무척 기뻐하실 게다. 고생해, 아들.

"네, 조만간 능령이랑 민찬이랑 들릴게요."

화상 전화를 끊은 준영은 바로 경기도 실버타운 책임자에게 전화를 걸었다.

실버타운은 독특한 시스템으로 움직이고 있었다.

직원들은 공무원와 일반 사원들이 섞여 있었고 재무와 감사는 성심토탈솔루션에서, 관리 감독은 나라에서 담당하고 있었다.

비리를 없애기 위함이었지만 처음엔 다소 혼란이 있었다. 관리 감독을 한다고 공무원들이 일반 사원들에게 일을 떠맡기려 하기도, 서로의 영역을 제대로 파악 못 해 갈팡질팡하기도 했었다.

하지만 언제나 그렇듯이 인간은 시간 앞에 적응하게 마련이었고 1년 전부터는 원활하게 돌아가기 시작했다.

김현복은 올해 75세로, 1년 5개월 전 처음 경기도 실버타운에 입주를 하게 된 이였다.

두 자녀를 키우고 아내의 병수발을 드느라 가지고 있던 재산을 모두 날린 그는 그저 죽지 못해 살고 있는 흔한 노인 중 한 명이었다.

아등바등 살아가고 있는 자녀들에게 손을 벌릴 수도 없었던 그는 정부 보조금과 쥐꼬리만큼 나오는 연금, 그리고 폐지를 모아 근근이 살아가고 있었는데, 그런 그에게 이런저런 도움을 주던 사회복지사가 새로 생긴 실버타운을 소개해 줬다.

처음 들었을 때는 사회복지사가 농담을 한다고 생각했었다.

실버타운에 들어가기 위해선 수억 원에서 수십억이 필요하다는 걸 그도 알고 있었다. 한데 입주가 무료라는 말을 도저히 믿을 수가 없었기 때문이었다.

물론 완전한 무료는 아니었다.

받고 있는 정부 보조금과 연금을 실버타운 관리소에서 가지게 되고, 입주를 해서는 일을 해야 한다는 조건이 있었다.

하지만 입주 후 받게 될 것들에 비한다면 그것은 너무나 보잘것없는 것이었다.

많은 것들이 주어졌지만 특히 그중에 죽을 때까지 머물 수 있는 공간이 주어진다는 것이 가장 마음에 들었다.

정부에 대한 불신이 있어 고민이 되긴 했지만 자녀들에게 짐이 되지 않을 수 있다는 생각에 실버타운행을 결정했었다.

"그때 들어온 것이 얼마나 행운인지. 헛헛헛!"

집 뒤에 있는 텃밭을 가꾸다 잠시 쉬면서 과거의 일을 생각하던 김현복은 너털웃음을 터뜨렸다.

기분 좋게 미소를 지은 그는 바지의 흙을 털어내며 일어났다. 출근을 하기 위해선 서둘러 밭일을 끝내야 했기 때문이었다.

이곳 실버타운에 들어온 사람들은 아픈 사람을 제외하고는 모두 일을 해야 했다.

70대는 하루 여섯 시간, 80대는 하루 네 시간, 90대부터는 하루 두 시간이었는데, 돈을 많이 내고 입주한 사람은 물론 예외였다.

그 외의 시간은 모두 자유 시간으로, 뭘 해도 좋았는데 입주민들을 위한 다양한 프로그램이 준비되어 있어 지루할 틈이 없었다.

"어르신, 역시 여기 계셨군요."

씨앗을 심고 물을 주고 있는데 경기도 실버타운 24구역을 담당하는 공무원이 다가왔다.

"아침부터 수고가 많네그려. 한데 무슨 일인가?"

이곳 실버타운으로 오면서 가장 많이 바뀐 것이 있다면 공무원들에 대한 인식일 것이다.

밥 먹을 때 빼곤 거의 구역에서 살다시피 하며 입주민들의 상황을 살피는 그들을 보면 안쓰럽기까지 했다.

"텃밭 때문에 왔습니다. 오늘 이곳에 땅 다지기 공사가 들어간답니다. 미리 말씀드렸어야 하는데 갑자기 결정된 일이라… 죄송합니다."

"…원, 자네가 사과할 일인가?"

현재 김현복이 일군 밭은 건물이 들어설 예정지였다. 처음부터 노는 동안만 밭으로 쓰기로 약속을 했던 터라 공무원이 사과할 일은 아니었다.

'작년 한 해 농사로 용돈 번 걸로 만족해야지.'

아쉽긴 했지만 생떼를 부리면 허락해 준 공무원만 난처해질 뿐이었다.

"참, 심은 농작물에 대해선 변상을 한다고 했습니다."

"됐네. 농작물이랄 것도 없이 이제 겨우 씨앗을 심었을 뿐인데. 아침부터 번거롭게 했구먼. 미안허이."

"아닙니다. 그럼 전했으니 전 또 가보겠습니다."

공무원이 갔음에도 김현복은 물 주기를 멈추지 않았다. 아직 잉태하지 않았을 생명이지만 마지막으로 물이라도 듬뿍 주고 싶었다.

밭에서 돌아온 김현복은 샤워를 한 후 출근 준비를 하고 일터로 향했다.

실버타운에는 밖의 도시와 마찬가지로 많은 직장이 존재했는데, 거의 모든 곳들이 입주 노인들로 돌아가는 곳이었다.

출근을 위해 타는 버스의 기사도, 편의점의 직원도, 커피숍의 바리스타도 모두 노인들이었다.

김현복이 일하는 곳은 실버타운 중심에 있는 노인 병원으로, 언제 봐도 그 위용이 남달랐다.

그가 보기에 실버타운의 핵심은 누가 뭐라 해도 병원이었다.

병실만 수천 개가 넘고 현재 입원해 있는 노인들만 만 명이 넘었다. 무엇보다도 놀라운 점은 거의 모든 것이 자동화되어 있다는 것이었다.

츨근 카드를 찍고 안으로 들어가자 함께 일하는 이들이 로비에서 손을 흔들며 반가워했고 그도 반갑게 인사했다.

특히 얼마 전에 같은 24구역으로 입주해 온 곱게 나이 든 이 여사의 수줍어하는 인사에 김현복의 심장은 20대 청년의 그것처럼 뛰었다.

"이 여사, 잘 쉬었어요?"

"덕분에요. 오늘도 일 끝나시고 사교댄스를 배우러 갈 건가요?"

"무, 물론이죠. 같이 갈까요?"

"⋯네."

실버타운은 러버타운이라고 불릴 정도로 많은 노인들이 마지막으로 생을 함께할 인연을 찾고 있었다.

실버타운 관리소에서도 황혼의 사랑을 적극 권장하고 있었는데 결혼보다는 동거를 권장했고, 강력히 결혼을 원할 경우 두 가지 조건이 붙었다.

결혼식을 위해선 자녀들의 동의가 필요하다는 것과 결혼 계약서를 작성해야 한다는 것이었다.

실버타운을 시끄럽게 만들지 않기 위함이었고 인연을 더 활성화시키기 위한 제약이었지만 불만이 완전히 없는 것은 아니었다.

각설하고 시작되는 연인들이 부끄럽게 얘기를 나누는 동안 일과가 시작되었다.

첫 일과는 환자들의 산책이었다.

굳이 병실로 올라가 환자를 데려올 필요 없이 로비에서 기다리면 알아서 환자들이 내려왔다.

김현복은 캡슐형 침대 모양에서 휠체어 모양으로 변한 독특한 환자용 침대 옆에 적힌 번호를 보고 자신의 환자를 찾았고, 카트 밀 듯 밀어 입구 맞은편에 있는 산책로로 나갔다.

"영진 씨, 어느새 따뜻한 봄이네요. 추우면 꼭 말해야 합니다. 알았죠?"

산책을 시키면서 반드시 해야 할 일이 환자들과 대화를 나누는 것이었다.

환자들의 상태에 따라 다르지만 김현복이 맡은 환자의 경우

전신 마비로 인해 눈으로만 의사를 표현할 수 있는 사람이었다.

　—알았어요, 현복 씨.

　머리맡에 있는 패널에 글이 찍혀 나왔다.

　뇌 손상을 입어 말을 하지 못하는 환자나 중태에 빠져 호흡기에 의지해 생명을 유지하는 이들의 생각을 읽는 장치는 환자와 환자의 가족들로 하여금 좀 더 명확한 선택이 가능하게 해줬다.

　"개나리와 벚꽃이 이젠 같이 피는군요. 저희 어렸을 때만 하더라도 개나리가 질 때쯤 벚꽃이 피기 시작했는데 말이죠. 하, 어렸을 때 뛰놀던 시골집에 한번 가보고 싶네요."

　—가보면 되잖아요?

　"댐을 만든다고 해서 수몰이 되었거든요."

　김현복은 산책을 하며 이런 얘기, 저런 얘기를 환자에게 하다 보면 환자를 돌본다기보다는 스스로를 치유하는 듯한 기분이 들었다.

　그래서일까 그는 일하는 시간 중 산책 시간을 가장 좋아했다.

　김현복은 오전 내내 자신이 담당하는 세 명의 환자를 산책시켜 준 후 점심을 먹었고 오후 시간 동안은 병원 내 잡일을 도왔다.

　여섯 시간의 근무 시간을 끝내 그는 이 여사와 몇몇 동료와 함께 병원 외곽으로 빙 둘러 있는 실버타운 내 시내로 향했다.

　실버타운 내에서 식사는 각 구역마다 있는 식당을 이용해 먹으면 됐다. 무료였고 품질과 맛 또한 좋아 대부분 식당을 이용했다.

하면 실버타운 내에 과연 식당이 없을까?

있었다. 식당뿐만 아니라 배달 음식, 길거리 음식, 심지어 술집도 존재했다.

실버타운은 자유시장 체제와 협동조합 체제를 섞어 만든 곳으로, 열심히 일하면 오히려 돈을 벌 수 있는 구조였다.

김현복이 텃밭을 가꾼 것 또한 그런 이유 때문이었다. 그리고 야채나 과일을 키우면 관리소에서 적당한 가격으로 일괄 구매를 해줬기에 판로를 걱정할 필요도 없었다.

그런 면에서는 자유시장 체제임을 확실히 알 수 있는 곳이 시내였다.

사교댄스처럼 무료로 배우고 즐길 수 있는 곳이 곳곳에 있는 것처럼 돈을 지불하고 즐길 곳도 무지하게 많았다.

특히 병원만큼 큰 아울렛이 존재했는데 그곳엔 없는 것이 없다 할 정도로 다양한 것들이 마련되어 있었다.

돈을 펑펑 쓰고 다니는 노인들을 보고 부럽다는 생각이 안 든다면 거짓이겠지만 그렇다고 기가 죽을 만큼은 아니었다.

왜냐하면 돈을 쓸 수밖에 없게 만든 실버타운이지만 일을 하면 그만큼 벌기도 쉬웠기 때문이었다.

"교습소를 가기 전에 커피 한 잔 어떻소, 이 여사?"

"그래요. 김 사장님이 어제 샀으니 오늘은 제가 살게요. 스위트 모카 좋아하시죠?"

이 여사는 자리에 앉아 테이블에 있는 모니터에 커피 두 개를 선택한 후 손목에 차고 있는 시계를 갖다 대 결제를 했다.

잠시 후 카트처럼 생긴 로봇이 다가와 주문한 커피를 주고 갔다.

70대 중반의 두 사람은 커피를 마시며 행복한 미소를 띤 채로 사교댄스에 대해 말하기 시작했다.

실버타운이 아닌 여느 시내 커피숍에서는 생소한 장면이겠지만 실버타운에서는 전혀 이상할 것이 없는 장면이었다.

그리고 그런 두 사람의 모습을 창밖에서 지켜보는 젊은 사람들로 이루어진 일행이 있었다.

8장

쓰는 만큼 벌다

"보기 좋군요."

준영이 커피 전문점에서 노인 두 분이 다정히 얘기하는 모습을 보고 중얼거렸다.

그러자 여덟 곳의 실버타운을 책임지고 있는 성심토탈솔루션의 사장이 설명을 덧붙였다.

"이곳에서는 워낙 흔한 일이죠. 러버타운이라는 말이 괜히 나온 게 아니에요."

"연인의 도시라… 재미있는 말이군요. 적당히 둘러봤으니 관리 사무소로 가죠."

"네, 회장님."

성심토탈솔루션의 사장인 송명화는 이하민 정권 당시 보건

복지부 차관이었던 이로, 준영이 눈여겨보다가 스카우트한 여자였다.

"생각보다 훨씬 더 잘 운영되고 있는 것 같군요. 앞으로도 잘 부탁드립니다."

관리소 내 회의실에 들어온 준영은 송명화와 관리소장 등을 보며 그들의 노고를 치하했다.

사실 준영은 실버타운에 대해서는 신경을 많이 쓰고 있지 못했다.

이익을 얻기 위한 사업이라기보단 사회환원사업의 일종이라 보고 있기 때문이기도 했지만 자신의 분야가 아니라는 생각에 가급적 숫자상으로 확인만 할 뿐 간섭을 하지 않고 있었다.

"회장님의 아낌없는 후원 때문이죠. 작년 2조 5,000억의 손실에도 불구하고 계속해서 지원을 해주셔서 감사합니다."

"나중에 정부에서 다 받을 생각입니다."

박상권이 실버타운 계획을 만들면서 생각하지 못한 것이 하나 있었다.

바로 모든 노인들이 실버타운으로 들어오지는 않는다 하는 것이었다.

자식들 곁에 있기 위해, 고향에 머물기 위해 등의 이유로 폐쇄를 하지 못한 경로당과 마을 회관이 많다 보니 자연 세금은 두 곳으로 나눠져야 했고 덕분에 준영의 돈이 들어가고 있었다.

그나마 다행인 것은 일사분기에 손실이 1,000억 정도 줄어 이대로라면 올해는 2조 정도면 될 것이라는 전망이었다.

물론 두 곳의 실버타운이 더 생기면 손실 또한 늘어나겠지만 말이다.

  하지만 상관없었다. 여전히 돈은 많았고 엄청난 돈을 벌 곳이 또 있었기 때문이었다.

  "한데 회장님……."

  관리소장이 쭈뼛거리며 입을 열었다.

  그는 공무원이었기에 사실상 자신을 회장님이라고 부를 이유가 없었다. 하지만 감시 기관의 장(長)인 송명화가 회장이라고 부르는데 다른 호칭으로 부를 수도 없으리라.

  "말씀하세요, 소장님."

  "이번에 지으실 때 몇 채나 지을 생각이신지 여쭈어봐도 되겠습니까?"

  "이왕 짓는 거 열다섯 채쯤 지을 생각입니다. 이왕이면 북적이는 편이 할머니에게도 나을 것 같아서요. 한데 무슨 일 때문에?"

  "그게… 다름이 아니라 저희 장인 장모님께서도 이곳에 오고 싶다고 하셔서……."

  "하하! 송명화 사장님이 워낙 원칙주의자시라 고생이 많으시네요. 남는 열한 채 중 여섯 채는 소장님이 알아서 배분해 주세요. 다섯 채는 송명화 사장님이 배분하시고요."

  "안 됩니다, 회장님. 원칙은 지켜져야 합니다. 그래야 사람들이 믿고 따르죠."

  송명화의 말에 함박웃음을 짓던 소장의 얼굴이 썩은 과일을 씹은 듯한 얼굴로 바뀌었다.

물론 송명화의 말은 옳은 말이었다. 하지만 할머니가 지낼 곳이라고 생각하니 원리 원칙만 고집할 수는 없었다. 그래서 한마디 더했다.

"열다섯 채는 제 겁니다. 혹시나 필요할 때를 대비해 준비해 둔 것이죠. 그러니 대기 인원과는 상관없지 않나요?"

"…회장님께서 그리 말씀하신다면야."

송명화는 준영의 마음을 알았는지 더 이상 토를 달지 않았다.

"오늘 설명 고마웠습니다. 할머니께서 입주하실 때 다시 들리도록 하죠. 그럼 잘 부탁드립니다."

이제 돈을 벌러 가야 할 시간이었다. 인사를 하고 서둘러 헬기에 올랐다.

약속 장소인 명천호텔 옥상 헬기장에 도착을 하자 양복을 입고 선글라스를 낀 사내들이 세 부류로 나뉘어서 서성이고 있었는데 그중 한 부류는 아랍인들이었다.

명천호텔은 진명천이 비밀스러운 만남을 위해 복잡하게 만들어뒀는데 그 덕에 이젠 준영이 주로 이용하고 있었다.

"어서 와요, 안 회장."

이하민 정권에 이어 양상회 정권에서도 국정원장을 맡게 된 이문경이 두 명의 아랍인들과 얘기를 하다가 들어오는 준영을 보곤 인사를 했다.

"먼저들 와 계셨군요. 반갑습니다. 안준영입니다."

준영은 이문경과 간단히 인사를 한 후 두 명의 아랍인에게 영어로 인사를 했다.

"셰이크 압델 빈 나세르 빈 압둘라 알사우드입니다."

이름 참 길었다.

이름을 간단히 파헤쳐 보자면 셰이크는 남성 지도자를 의미했고, 빈은 '아들'을, 알사우드는 성(性)을 의미했다. 즉 아랍인의 이름은 '알사우드 가문의 압둘라(할아버지 이름)의 아들인 나세르(아버지의 이름)의 아들 압델'이라는 뜻이었다.

"먼 길 오느라 고생하셨습니다, 셰이크 압델."

"하하! 그런 만큼 좋은 결과가 있길 바라오. 이쪽은 제 사촌 동생으로, 이름이야 비슷하니 그저 파타라고 부르면 될 거요."

압델은 꽤나 유쾌한 사람이었다.

간단히 소개를 마치고 자리에 앉은 준영이 본론을 꺼냈다.

"저희가 생산하는 무기에 관심이 있다 들었습니다."

"맞습니다. 아시아 무기 박람회 때 보고 한눈에 반했다고 할까요."

준영은 작년 11월 베트남에서 열린 무기 박람회에서 무인 전투기를 선보였었는데 미국 F55A와 유사한 K—320의 마이너형과, F42A와 유사한 K—220의 마이너형인 K—310과 K—210이 가장 주목을 많이 받았었다.

"제 입으로 말하긴 뭐하지만 정말 괜찮은 물건이죠."

"좋은 물건이죠. 한데 전 마이너형이 아닌 20번대의 모델을 원합니다."

"20번대는 수출 금지 물품입니다."

준영이 이문경을 보며 얘기했다. 하지만 이문경은 자신은 할 말이 없다는 듯 딴청을 피웠다.

"무기도 외상으로 가져가면서 도통 나라에서 도움을 주지 않는군요. 방금 얘기했듯이 20번대는 금수 품목입니다. 한데 지금 20번대의 성능은 알고서 원하시는 겁니까?"

"아뇨, 하지만 이왕 살 거라면 가장 좋은 것이 좋지 않겠습니까?"

"가격 차이가 네 배 이상 날 겁니다."

"한국 정부처럼 외상으로 사는 일은 없을 겁니다."

"당장에라도 납품을 그쪽으로 돌리고 싶군요. 그래도 될까요? 국정원장님?"

"…전략 무기입니다, 안 회장님."

"홋! 이번에는 딴청을 안 하는군요. 20번대를 사려면 제가 아닌 이 사람에게 말해야 합니다, 압델."

"고지식해 보여서 말하기 싫군요."

"하하하! 정부 관계자들이야 다 그렇죠."

대한민국 정부는 20번대를 팔 생각이 없었고, 압델 역시 살 수 없음을 알고 있었다.

그럼에도 불구하고 압델이 계속해서 20번대를 사겠다고 말하는 건 더 나은 조건으로 무기를 사기 위함이라는 것을 방 안에 있는 모든 사람들은 알고 있었다.

"술 한잔하면서 얘기하도록 하죠."

어차피 바로 끝날 얘기는 아니었다. 최소한 수조 원에서 많게는 수십조 원어치가 팔릴 일이었다.

"자, 건배!"

"좋은 거래를 위하여!"

한국의 주류 문화(?)에 대해 제법 아는지 압델은 술자리를 이끌었다.

기분 좋게 몇 잔씩 마셨을 때 압델이 입을 열었다.

"솔직히 차이점도 정확히 모르고 상위 기종이라면 좋을 거라는 생각에 떼를 썼습니다. 20번대는 포기하더라도 10번대와의 차이점은 무엇인지 알고 싶군요?"

"스텔스 기능과 사거리, 기동 능력에 차이가 있습니다. 하지만 그렇다고 10번대가 성능이 낮은 건 아닙니다. K—210의 경우 미국의 최신형 전투기인 F42A와 견주어 약간 손색이 있는 정도니까요."

"그렇다면 K—220의 성능은 F42A와 견주어 어떤 겁니까?"

준영이 이문경 국정원장을 봤다.

얘기해도 괜찮으냐는 물음의 시선이었는데 이번에도 이문경은 시선을 회피했다.

누가 정치와 관련된 사람 아니랄까 봐 책임질 발언은 전혀 하지 않겠다는 태도였다.

"무인 전투기라 다양한 변수가 존재할 수 있지만 시뮬레이션 결과로는 3 대 1 정도, 실제로는 2 대 1 정도로 예측하고 있습니다."

"오! 설마 했는데 한국의 전투기 기술이 정말 미국을 넘어섰을 줄이야 생각도 못 했습니다."

"넘어섰다기보단 비슷한 수준에 이르렀다고 보는 것이 맞겠죠."

"왠지 승자의 아량과 같은 말처럼 들리는 건 착각일까요?"

"하하하! 아무리 칭찬을 하셔도 제가 해드릴 수 있는 건 스텔스 기능을 조금 더 좋게 해드리는 것밖에 없습니다."

"하하하! 그게 어딥니까. 계속 칭찬을 하면 10번대가 20번대로 바뀔 수도 있겠군요."

"이런, 귀를 막고 있어야겠군요. 하하하!"

기분 좋게 웃고 마시며 때론 무기 관련 얘기를, 때론 재미있는 농담을 하면서 술자리는 이어졌다. 그리고 밤 11시쯤 되어 파장 분위기가 되었을 때 압델은 마침내 속내를 드러냈다.

"올해 전투기 구입 예산만 200억 달러입니다. 그리고 향후 5년간 매년 같은 수준으로 구입하게 될 겁니다. 게다가 무인 전투기를 위한 시스템과 인공위성, 레이더망까지 구입하게 된다면 그 규모는 더욱 커질 겁니다. 전 이 사업을 대한민국과 하고 싶습니다."

"저 역시 함께하고 싶다는 마음이 간절해지는군요. 좋습니다. 허심탄회하게 말해보죠. 원하는 것이 무엇입니까?"

"좋습니다. 내 솔직히 말하리다. 핵심 기술은 배제하더라도 전투기 기술을 전수해 줬으면 좋겠습니다. 그리고 10번대의 성능을 조금만 더 높여줬으면 좋겠습니다. 물론 가격은 두 배라고 해도 상관없습니다. 그리고 마지막으로 무인 전투기에 들어가는 미사일도 한국군이 쓰는 걸로 구매를 하고 싶습니다."

기술이전이야 적당한 선에서 해주면 되고 그를 계기로 전투기의 핵심 부품을 팔 수도 있으니 상관없었지만 성능을 높이고 천(天)이 개발했던—사실상 준영이 개발했던 것이지만—폭발물을 장착한 소형 미사일을 파는 건 전적으로 정부가 결정할 일이었다.

물론 양상희에 접속할 수 있으니 마음대로 할 수도 있었다. 하지만 그렇게까지 해서 물건을 팔고 싶은 마음은 없었다.

준영은 다소 심각한 표정으로 이문경을 보며 말했다.

"이번엔 피할 생각 말고 될지 안 될지 확실하게 말해주세요. 그것이 먼 길을 날아온 손님들에 대한 예의라고 생각합니다."

이문경은 더 이상 입을 닫고 있을 수 없다고 생각했는지 정부의 입장을 말했다.

"핵심 기술이 아니라면 기술이전은 가능합니다. 하지만 성능 개선과 미사일에 대한 판매는 좀 더 생각을……."

"도대체 언제까지 생각만 하고 있을 겁니까! 책임자로 오신 거 아닙니까? 그럼 시간만 끌지 마시고 정확하게 결론을 내려주세요!"

계속해서 결정을 미루는 모습에 결국 화가 폭발했다.

이문경에게 좀 더 쏘아붙이던 준영은 압델과 파타를 돌아보며 말했다.

"두 분, 10분만 자리를 비켜주시겠습니까? 그럼 확실하게 결론을 내서 말씀드리겠습니다."

"결론은 천천히 내서도 괜찮으니 화 푸세요. 저흰 괜찮습니다."

"아닙니다. 정부가 이렇게 나온다면 저 역시 생각을 달리할 작정입니다."

화가 잔뜩 난 표정의 준영은 등을 떠밀 듯이 두 사람을 밖으로 내보낸 후 이문경을 뚫어져라 쳐다보았다.

이문경도 어린 사람에게 한마디 들어서인지 굳은 얼굴로 준영을 보며 말을 했다.

"안 회장님, 연기하셔도 되겠군요?"

"후후후! 원장님의 능청스러운 메소드 연기만 하겠습니까?"

두 사람은 동시에 웃는 낯으로 바뀌었다.

사실 압델을 만나는 순간부터 지금까지의 두 사람의 모든 말과 행동은 계획된 것이었다.

압델이 간절히 전투기를 사고 싶다고 오긴 했지만 워낙 큰 돈이 걸려 있다 보니 결정까지 이르는 데 시간이 오래 걸릴 수밖에 없었다.

짧게는 몇 달에서 길게는 수년까지 걸리는 무기 판매 시간을 준영은 조금이나마 줄이고, 줄 수 있는 것과 줄 수 없는 것에 대한 가이드라인을 세우고 싶었다.

현재 여기저기서 무인 전투기에 대한 요청이 들어오고 있었는데 한 명 한 명 상대하며 그때마다 그들의 요구를 조율하고픈 마음은 추호도 없었다.

"10분 정도 지났는데 부를까요?"

시계를 확인한 이문경이 물었다.

"아뇨, 20분 정도 더 있다가 부르죠. 그리고 앞으로 무기 판매에 대해서 부탁 좀 드리겠습니다."

"제가 무슨 힘이 있나요? 대통령님이 지시한 대로 할 뿐인데요."

"무슨 말씀을요. 공무라고는 하지만 절 도우시는 거나 다름이 없는데요. 일이 끝난 후에 로비스트만큼은 아니더라도 어느 정도 챙겨 드리겠습니다."

"허허! 말씀만이라도 감사합니다."

미래의 일이지만 준영이 챙겨준 돈으로 인해 이문경은 로비스트를 꿈꾸게 되고 성심그룹의 무기 판매를 도우며 만들어진 인맥으로 퇴직 후 우리나라 최고의 로비스트가 된다.

"자, 이제 마무리를 해볼까요?"

20분이 더 흐른 뒤 준영이 말했다.

압델과 파타를 불러 그들이 원하는 기술이전과 성능 개선, 미사일을 준다고 할 것이다. 겨우 정부를 설득했고 더 이상의 조건은 들어줄 수 없다는 말을 덧붙이겠지만 말이다.

준영은 이날—비록 구두계약이지만— 200억 달러짜리 무기 판매 계약을 따냈다.

9장

집으로

대한민국 정부가 준영에게 군수물자 납품 대금을 주지 못하고, 실버타운에서 생긴 손실을 보전해 주지 못하고 있는 이유는 2년 전부터 시작된 우주탐사 계획 때문이었다.

　다른 나라보다 늦은 만큼 집중적으로 돈을 투자했고―그래 봐야 미국과 중국, 러시아, 인도 등에 비하면 적었지만― 드디어 2년 만에 전 국민에게 성과를 보이려 하고 있었다.

　…전 현재 한국항공우주연구소 고흥항공우주센터에 나와 있습니다. 오늘은 우리나라 우주 분야에 획기적인 한 획을 긋는 날입니다. 바로 우주정거장이 완성되는 날인데요. 이에 대해 센터 소장님

과 항우연 이사장님을 모시고 설명을 들어보기로 하겠…….

준영은 TV를 꺼버렸다.

이미 두 달 전에 결과를 알고 있었고 별로 보고 싶지 않은 광경이기도 했다.

천(天)이 의아해하는 표정으로 물었다.

"왜? 뭐가 별로 마음에 안 들어?"

"아니, 그런 게 아니고 이미 우주정거장이 완성되었다는 것도, 달에 착륙해서 달에 기지를 만들고 있다는 것도, 화성 기지 건설을 위해 출발했다는 것도 다 별로 흥미가 없네."

그랬다. 현재 TV에서 보여주고 있는 장면은 녹화 분이었다.

공식적으로 2년간 총 15조의 돈이 투자된 사업인데 우주정거장을 조립하는 과정에서 폭파라도 된다면 어떻게 되겠는가?

양상회 정부의 우주 분야에 대한 지원이 줄어들 수밖에 없을 것이 분명했다.

그래서 국민들에게 알리기 전에 실행을 하고 성공한 것만 보여주는 걸로 계획을 세운 것이었다.

이러한 사실은 극소수의 사람만 알고 있었는데 항우연에서는 이사장과 센터 소장, 두 사람만 알고 있었다.

사실 15조 원으로—큰 금액임은 틀림없지만— 할 수 있는 일은 많지 않았다. 그래서 준영은 DD를 판매해서 얻은 수익 전부와 배당금으로 받은 돈까지 투입을 해야 했다.

기술력과 직접 재료를 만듦으로써 돈을 약간 아꼈지만 단번에 수십 년의 차이를 뛰어넘고 더 안전하고 우수한 것을 만들려다 보니 대규모 자금 투입은 어쩔 수 없었다.

간혹 우주가 아닌 사람을 위해 썼더라면 더 낫지 않았을까 하는 의문이 들기도 했다. 그러나 나라의 미래를 위해 투자한다는 생각으로 밀어붙이고 있었다.

"내일 있을 일 때문이 아니고?"

천(天)이 정곡을 찔렀다.

맞다. 그녀의 말처럼 내일을 생각하니 가만히 앉아 있을 수가 없었다.

"한바탕 뛰고 올게."

준영은 입은 옷 그대로 엘리베이터를 타고 내려와 회사 뒤쪽에 마련된 산책로를 뛰기 시작했다.

"헉헉! 헉헉!"

빠른 속도로 30분쯤 뛰자 이마에 땀이 맺히고 숨이 턱까지 차올랐지만 준영은 속도를 줄이지 않았다. 그렇게 준영은 계속 달렸다.

내일이면 복수가 끝난다는 생각, 더뎌가는 시간, 주마등처럼 스쳐 가는 과거의 기억들, 능령, 천(天), 지(地), 가족, 그리고 아들 민찬.

얼마나 달렸을까?

준영은 달리기를 멈추고 호흡을 조절하며 천천히 걷기 시작했다.

조금 전까지 보이지 않던 흐드러지게 핀 벚꽃 길이 이제야 보였다.

나무 밑 벤치에 앉았다.

"역시 머리가 복잡할 땐 몸을 피곤하게 만드는 게 좋구나."

한바탕 뛰고 나자 조급함도, 설렘도, 약간의 허무함도, 슬픔도 희미해졌고 시원한 물을 마시고 쉬고 싶다는 생각만이 또렷해졌다.

로봇에게 물 좀 갖다달라고 명령을 내릴까 하다가 조금만 더 고독을 씹자는 생각으로 벤치에 누워 눈을 감았다.

시원한 바람이 불었다. 그 바람에 벚꽃 잎이 얼굴 위로 떨어져 내렸다.

살짝 간지럽지만 나쁘지 않은 느낌.

얼굴에 이어 팔에도 다리에도 내려앉았다. 그렇게 떨어져 내리는 벚꽃 잎을 느끼던 준영은 어느새 가볍게 코를 골며 잠에 빠졌다.

"…영아, 준영아."

정이 듬뿍 담긴 익숙한 음색에 준영은 눈을 떴다.

준영의 눈에 반달눈을 하고 흐뭇하게 웃으며 자신을 바라보고 있는 박교우 박사가 보였다.

"…아버지?!"

아버지라고 부르는 앳된 자신의 목소리에 준영은 놀라 상체를 일으켰다.

"으이구, 이 녀석아! 조심해야지. 갑자기 그렇게 일어나서 부딪힐 뻔했잖니?"

박교우 박사는 준영의 머리를 피해 고개를 뒤로 젖히며 피하면서도 흐뭇한 표정을 지우지 않았다.

"이, 이게 어떻게……?"

짧고 앙증맞은 손발과 앳된 목소리가 현재 자신이 아이임을 말해주고 있었다.

그러나 어리둥절함도 잠시, 정신이 들면서 현 상황이 꿈임을 알 수 있었다.

"밤늦게까지 놀이기구를 타더니 벌써 지친 모양이구나? 후후후."

'놀이기구?'

어린 준영은 주변을 둘러보았다.

그가 앉아 있는 넓은 잔디밭 너머로 각종 놀이기구들이 보였다.

준영이 여전히 멍하니 있자 박교우 박사가 걱정스럽다는 표정을 지으며 말했다.

"정말 피곤한가 보네? 그만 집에 갈까?"

준영은 물끄러미 박교우 박사를 바라보다가 고개를 절레절레 저으며 말했다.

"…아뇨, 아버지. 우리 놀아요."

꿈이라도 상관없었다. 지금 이 순간만은 박교우 박사와 즐거운 시간을 보내고 싶었다.

아니, 모든 것이 어린 준영이 꾼 꿈이었으면 하는 생각마저 들었다.

"후후후! 이제야 잠에서 깬 모양이네. 그래, 가자."

박교우 박사는 어린 준영의 손을 잡고 놀이 시설이 있는 곳으로 걷기 시작했다.

"근데 방금 너 징그럽게 아버지라 했냐? 아빠라고 부르려무나."

"응… 아빠……."

"녀석."

큼직한 손이 머리를 헝클어뜨렸다.

준영이 질색하는 일이었지만 막상 겪어보니 왠지 모를 따뜻함이 느껴져 나쁘지 않았다.

"이거 탄다고? 너한테는 무서울 텐데?"

"아빠가 옆에 있잖아."

"오냐! 정 무서우면 아빠를 꼭 잡으렴."

어느새 박교우 박사와 어린 준영은 완벽한 부자지간처럼 행동하고 있었다.

"아아아아악!!!"

"아빠! 괜찮아? 날 꼭 잡아!"

"아악!! 살려줘~"

막상 놀이기구를 타자 비명을 지르고 무서워하는 쪽은 박교우 박사였다.

"아빠, 더 안 타도 돼."

놀이기구에서 내리는 박교우 박사는 산발이 된 채 넋이 빠진 표정을 짓고 있었다.

"괘, 괜찮아! 아빠가 컨디션이 좋지 않아 그런 것뿐이야. 이번엔 저걸 타자!"

박교우 박사는 무서움에 부들거리면서도 어린 준영을 위해 놀이기구를 탔다.

어린 준영은 즐겁고 행복했다.

박교우 박사와 같이 놀이기구를 타고, 솜사탕을 먹고, 동물 귀 모양의 머리띠를 하고 뛰어다니고…….

그와 잡고 있는 손을 놓고 싶지 않았다.

그러나 놀이기구를 하나씩 탈 때마다 어린 준영은 성인이 되어 갔고 젊었던 박교우 박사는 차츰 나이가 들어갔다.

마지막 놀이기구를 타고 내렸을 때 시선은 어느새 박교우 박사와 같은 높이였고 큼직하고 듬직해 잡고 싶었던 손은 잡아주고 싶은 손이 되어 있었다.

"이제 모든 놀이기구를 다 탔구나."

"아뇨, 아직 저건 타지 않……!"

준영은 이미 탄 놀이기구를 가리키며 타지 않았다고 말하려 했다. 한데 놀이기구는 눈 깜짝할 사이에 사라져 버렸다.

"하하… 저건 탔나 보네요. 그럼 저건… 아님 저건…….'"

준영이 가리킬 때마다 그 놀이기구는 사라져 버렸다. 그리고 마침내 모든 놀이기구가 사라져 버렸다.

박교우 박사는 아까 잠에서 깨어 눈을 떴을 때와 같은 얼굴로 웃고 있었다.

그런 그를 보고 있자니 갑자기 눈앞이 흐려졌다. 그리고 무언가가 볼을 타고 내려와 턱에 고였다 바닥에 떨어졌다.

"…집에 가기 …싫어요, 아빠."

준영이 울먹이며 말했다.

박교우 박사가 손을 들어 그런 준영의 머리를 쓰다듬으며 말했다.

"우리 아들은 한 아이의 아빠가 되었으면서도 여전히 어리구나."

"…아빠 앞에선 여전히 아이인걸요."

"녀석하곤."

박교우 박사는 준영을 품 안으로 꼭 껴안았다. 그리고 준영이 펑펑 울고 진정될 때까지 그렇게 있어주었다.

실컷 울고 난 준영은 몸뿐만 아니라 마음도 어른이 되어 있었다.

박교우 박사의 품에서 벗어난 준영은 애써 웃으며 그에게 용서를 빌었다.

"약속 못 지켜서 죄송해요."

"넌 할 만큼 했다. 네가 그렇게 괴로워할 줄 알았다면 그런 부탁 따위 하지 않았을 텐데."

이것이 실제 박교우 박사가 하는 말이 아닌, 꿈속 그의 입을 통해 자신이 들었으면 하는 말을 투영하고 있음을 준영은 알고 있었다. 그럼에도 불구하고 가슴속에 그를 억누르고 있던 무언가가 사라짐을 느낄 수 있었다.

"그렇게 말씀해 주셔서 감사해요. 한데 이제 정말 집으로 가야 할 때인가 봐요."

놀이공원은 이제 고작 3평 정도만 남겨두고 모두 사라진 상태였고 박교우 박사도 서서히 희미해져 가고 있었다.

"이제 과거에 얽매이지 말고 행복하려무나. 그리고 웃으며 보내줬으면 좋겠구나."

준영은 다시 울컥했지만 애써 웃음을 지으며 말했다.

"…그럴게요."

"사랑한다, 아들아!"

박교우 박사는 자신의 표정을 보고 따라 웃으라는 듯 환하게 웃으며 사라졌다.

헬기에서 내린 능령은 퇴근할 때면 언제나 마중 나와 있던 준영이 보이지 않자 다소 의아한 표정으로 천(天)에게 물었다.

"언니, 그이 어디 갔어요?"

"아니, 지금 산책로에서 자고 있어."

"웬일로요?"

"몰라. 뭔가 심란한 게 있나 봐. 난 저녁 준비해야 하니까 네가 가서 깨워."

능령은 준영과 천(天)이 자신에게 뭔가를 숨기고 있음을 알고 있었다. 하지만 딱히 중요한 것 같지도 않았고 그에 대해 두 사람이 배려를 해줬기에 소외당한다는 느낌은 받지 않고 있었다.

오늘도 마찬가지.

천(天)은 분명 준영이 산책로에서 자고 있는 이유를 알고 있었다. 그리고 이유는 자신에게 말할 수 없는 일일 테고.

대신 그 이유가 별것이 아님을 직접 눈으로 확인하라는 듯 자신을 준영에게로 보낸 것이다.

능령은 옷을 갈아입지 않고 바로 산책로로 내려갔다.

건물 뒤쪽에 있는 산책로는 가족들만을 위한 곳으로 일반 사원들은 접근이 불가능했다.

바닥에 설치된 방향등이 준영이 어디 있음을 가르쳐 주고 있었기에 능령은 헤매지 않고 그가 있는 곳으로 갈 수 있었다.

벤치에 누워 있는 준영을 봤지만 능령은 바로 그를 깨울 수가 없었다.

"…뭐가 당신을 그렇게 슬프게 하나요?"

슬픈 표정을 지은 채 눈물을 흘리는 모습에 능령의 가슴마저 아릴 정도였다.

아직까지 아침저녁으로는 추웠기에 능령은 윗옷을 벗어 준영을 덮어준 후 잠시 기다리기로 했다.

꿈에서든 현실에서든 펑펑 울고 나면 슬픔이 줄어드는 법이었다.

"…저도 사랑해요, 아버지."

옆에서 듣는 능령의 가슴이 찌릿할 정도로 애잔한 잠꼬대였다.

'전생의 아버지를 만났나 보네.'

전생에 아버지가 사고로 죽었다는 건 얼핏 들어서 알고 있었다.

안쓰러움에 능령은 준영의 머리를 쓰다듬어 줬고 잠시 후 준영이 눈을 떴다.

준영은 손을 들어 눈을 쓱 닦더니 중얼거렸다.

"…다녀왔어."

"응, 어서 와요."

능령이 환한 미소를 지으며 꿈에서 현실로 온 준영을 맞이해 줬다.

"언제 왔어?"

"방금 전에. 너무 곤히 자고 있어서 깨우지 않았어."

"고마워. 덕분에 기분 좋게 잠에서 깰 수가 있었어."

"그렇다니 다행이네. 추운데 들어가자. 언니가 저녁 준비하는 거 도와야지."

능령은 준영의 손을 잡고 일으켜 세우려고 했다. 한데 준영은 그녀의 손을 물끄러미 바라보고 있었다.

"왜?"

"손을 잡아주는 사람이 있다는 것이 너무 고마워서."

"피! 두 손을 다 잡아줄 수도 있었는데… 집으로 갈까?"

능령은 악의 없는 농담을 하곤 다시 준영의 손을 잡아 당겼고 그는 자리에서 일어나며 힘차게 외쳤다.

"그래, 집으로 가자!"

*　　　　*　　　　*

국정원 대테러실 국내 팀은 한때 국정원에서 가장 한가한 곳이었다. 간혹 다른 팀의 업무 지원을 해주거나 허위, 과장으로 신고된 일을 처리하는 것이 고작이었다.

하지만 4년 전 강용성 팀장이 자리에 앉고부터 갑자기 바빠지게 되었다.

무인 전투기가 도로를 폭격하고, 도심의 빌딩에서 대규모 총격전이 벌어지고, 한 기업이 폭격을 맞아 흔적도 없이 사라져 버리는 일이 발생하면서 대한민국도 더 이상 테러의 안전지대가 아니라는 인식이 팽배해진 것이다.

"아, 진짜! 또 실전 대비 훈련입니까?"

강용성이 다음 주에 있을 훈련 계획을 말하자 팀원 중 한 명이 노골적으로 불만을 터뜨렸다.

아니, 그뿐만 아니라 방 안에 있는 모든 이들이 인상을 구기고 있었다.

"인상들 펴, 이 새끼들아! 나라고 이게 좋아서 하겠냐? 위에서 하라는데 뭐 어쩌라고? 불만 있는 놈 있음 말해. 해외 팀 중동 지부로 보내줄 테니까."

팀원들이 기분이 안 좋은 것만큼 강용성 또한 기분이 좋지 않았다.

그라고 매일 훈련만, 그것도 지겹도록 반복적이고 형식적인 훈련을 하고 싶지는 않았다.

하지만 어쩌겠는가. 성심그룹 폭파 사건 이후로 테러라고 할 만한 일은 일어나지 않았지만 또한 내일이라도 당장에 일어날 수 있는 것이 테러였다.

"누가 안 한답니까? 하긴 하는데… 다른 건 몰라도 시도 때도 없이 하는 돌발 훈련만이라도 조금 줄여달라고 해주십시오. 하루에 열 번이 넘게 발동시키는 게 말이 됩니까?"

"알았다, 쨔샤! 내가 하루 세 번만 하자고 원장님께 말씀드려 보마."

"정말이십니까?"

"그래, 막말로 돌발 훈련은 너희보다 내가 더 싫다. 너희들은 실수하면 감독관한테 한번 깨지고 말지만 난 감독관, 부원장님, 원장님께 주구장창 깨진다."

"근데 들어주실까요?"

"원장님께서 요즘 바쁘시니 기대해 봐야지."

한참 훈련에 대해 이러쿵저러쿵 말을 하는데 누군가가 센터 내로 불쑥 들어오며 말했다.

"누가 내 얘기 하나 했더니 강 팀장이었군."

"워, 원장님! 원장님에 대한 말이 아니라 훈련에 대해서 얘기를 하고 있었습니다."

"좋은 자세야. 누가 이상한 소리를 해서 잠깐 들른 것뿐이니 신경 쓰지 말고 하던 얘기 계속들 하게."

'쩝! 댁 같으면 신경이 안 쓰이겠수?'

자신은 높은 자리에 올라가도 저런 말은 하지 말아야겠다고 속으로 다짐하며 강용성이 팀원들의 독촉하는 눈빛에 조심스럽게 입을 열었다.

"원장님, 혹시 안 바쁘시면 잠시 말씀 좀……."

"말하게."

"저 그게… 그러니까 다른 게 아니고……."

따르르르룽! 따르르르룽!

막 말을 하려는 순간 대테러 팀 직통전화가 울렸다.

지겹도록 반복했던 훈련의 효과는 바로 나타났다.

지시를 내리지 않았음에도 팀원들은 순식간에 자리에 앉아 추적 장치와 녹음기 등을 켰고 강용성 또한 하던 말을 멈추고 팀원에게 받으라는 수신호를 보냈다.

"네, 국정원 대테러실 국내 팀입니다."

─…신고할 것이 있어 전화했습니다.

"신고할 것이 있어 전화하셨다고요? 말씀하셔도 좋습니다."

조금이라도 길게 얘기하며 시간을 끌려고 했지만 전화를 한 상대는 눈치를 챘는지 빠르게 자신이 할 말만 했다.

─오늘 오후에 서울중앙지방법원에 테러가 있을 겁니다. 폭발물이 이미 설치되었는지는 모르겠지만 아무튼 법원 전체가 날아갈 정도일 겁니다.

"신고하시는 분은 어떻게 이 사실을 아시는 거죠? 혹 거짓 신고라면 법의 처벌을……."

─서두르면 범인들을 잡을 수 있을지도 모르는 상황에서 한가하게 진위 여부를 물을 시간이 없을 텐데요.

전화를 받는 동안에도 정보는 빠르게 모이기 시작했다.

"발신지는 네팔입니다."

"능숙한 한국어를 구사하고 있지만 리을 발음과 받침이 있는 단어의 발음 상태를 볼 때 한국에서 최소 3년 이상 거주한 외국인으로 분석되고 있습니다."

"음성 탐지 결과 진실로 나오고 있습니다."

의심스러운 상황이 몇 가지 있었지만 대부분의 결과물들은 그가 진실을 말하고 있음을 보여주었다.

"좋습니다. 진실이라고 하죠. 한데 외국에 계신 분이 어떻게 법원이 폭파될 거라는 걸 아시는 거죠?"

ㅡ그게 중요한 게 아닐 텐데요. 어쨌든 전 제 할 일을 끝냈으니 이만.

"잠, 잠시만요!"

뚜우~ 뚜우~

다급하게 외쳤지만 전화는 이미 끊어진 후였다.

센터에 아주 짧은 침묵이 흘렀다.

강용성은 혹시 훈련이 아닌가 하는 생각에 국정원장을 흘깃 쳐다보았다. 아까 이상한 말도 했었고 때마침 찾아온 것이 너무 공교로웠기 때문이었다.

그러나 국정원장은 심각한 표정으로 고개를 저으며 말했다.

"훈련은 절대로 아닐세."

국정원장의 말에 고개를 끄덕인 강용성은 팀원들에게 바로 지시를 내렸다.

"테러리스트들이 있을지 모른다고 했으니 플랜 D로 간다. 먼저 법원을 통제한 후 사람들의 안전을 확보하고 특공대와 폭발물 처리반을 투입시키는 걸로 한다. 그와 동시에 배정민 대원은 경찰에 연락해 비밀리에 블록 전체를 봉쇄하도록 하고 봉쇄가 완료되면 반경 500미터 안에 있는 사람들을 모두 대비 시킬 수 있도록. 그리고……."

일사천리로 각자에게 명령을 내린 강용성은 팀원들을 둘러보며 말했다.

"테러리스트를 잡는 것도 중요하지만 국민들의 안전이 최우선임을 잊지 말도록. 그리고 각자 맡은 바 임무를 실시간으로 확인하고 바로바로 보고하도록. 출동!"

현장 요원들은 모두 빠져나갔고 모니터 요원들은 경찰, 특공대, 군에 이르기까지 협조 요청을 했다.

강용성은 몇 가지 지휘를 더 내린 후 이문경을 돌아보며 물었다.

"원장님께서 지휘를 하시겠습니까?"

"자네 분야니 지켜보기로 하지. 그리고 필요한 것이 있으면 말하게. 도움이라면 언제든지 주겠네."

국정원장의 힘은 그와 비교도 안 될 정도로 막강했다. 그러니 마다할 이유가 없었다.

"혹시 무인 헬기와 무인 수직 이착륙 전투기 K-320의 지원을 받을 수 있겠습니까?"

"연결해 주지."

"감사합니다. 한데 말입니다. 아까 누군가에게 무슨 얘기를 들었다고 하셨는데 제가 알면 안 되는 것입니까?"

"음, 안 될 거야 없어. 다만 조심스러울 뿐이지."

잠시 주변을 살피던 이문경은 강용성만 들릴 정도의 낮은 목소리로 말을 했다.

"어제 대통령님께서 오늘 테러가 있을지 모르니 조심하라고 말하시더군. 어이없다 생각하면서도 혹시나 싶어 들러본 것이고 말이야."

"신기가 있으신가 보군요. 아님 저희 말고 다른 정보 조직이 있거나."

"후자 쪽이겠지. 아무튼 대통령님께서 관심을 가지고 있는 사건 같으니 실수가 있어선 안 되네."

"그러길 바라고 있습니다. 혹 자폭 테러라도 한다면… 아무쪼록 별 탈 없이 끝나길 빌어야죠."

최악의 상황을 상상하던 강용성은 고개를 절레절레 흔들었다. 상상하는 것만으로도 기분이 불쾌해졌기 때문이었다.

"팀장님, 테러리스트들이 누굴 노리는 건지 알 것 같습니다. 지금 보내는 자료가 오늘 오후에 있을 재판들과 방청할 사람들의 명단입니다."

팀원이 중앙 화면에 띄운 방청객의 명단을 보곤 이문경도, 강용성도 테러리스트가 노리는 사람이 누구인지 짐작할 수 있었다.

두 사람의 입에서 동시에 두 개의 이름이 튀어나왔다.

"장두호 회장과 안준영 회장!"

"그 사람들이 아니라면 박준영이라는 사람이 타깃일 가능성도 높습니다."

그 역시 일리 있는 말이었다.

"그 재판이 열리는 곳을 중심으로 폭발물을 찾는 것이 좋겠군. 폭발물 제거반과 특공대에게 그 자료를 넘겨."

"알겠습니다. 한데 방청객들에게 전화를 해서 오지 못하게 해야 하지 않을까요?"

"안 돼. 방청객들 중에 테러리스트가 있을 가능성이 높아. 하지만 타깃일 가능성이 높은 세 사람에겐 연락을 해주는 것이 좋겠지."

"그럼 장두호, 안준영, 박준영, 세 사람에게만 연락을 하겠습니다."

"안준영 회장에겐 내가 연락하지."

이문경은 이럴 때 준영에게 직접 전화를 해 점수를 따는 것도 나쁘지 않다고 생각했다.

─안 그래도 막 출발하려던 참이었는데 큰일 날 뻔했군요. 연락 주서서 고맙습니다, 원장님. 오늘 일은 꼭 기억해 두겠습니다.

"허허허. 별일도 아닌데요. 어쨌든 오늘은 집에서 한 발자국도 움직이지 않는 것이 좋을 것 같군요."

─당연히 그래야죠. 참, 장두호 회장에겐 연락했습니까? 오늘 재판 결과로 큰 내기를 해서 그도 참석할 것 같거든요.

"다른 친구가 전화를 하고 있습니다."

―하하하! 혹 통화가 되면 내기를 다음으로 미루게 되어 제가 아쉬워한다고 전해주십시오.

"…아, 네."

말과는 달리 아쉬워하는 목소리가 아니라 무척이나 고소해하며 즐거워하는 목소리였다.

'이제 한 시간 반 남았군.'

장두호는 아침부터 지금까지 족히 백 번은 넘게 시계를 봤을 것이다.

무척이나 더디게 가는 시간이 답답하기도 했지만 한 시간 반 이후엔 골치를 썩이는 놈들을 한꺼번에 정리할 수 있다고 생각하자 기다리는 기쁨 또한 있어 버틸 만했다.

"주문하신 송로버섯 샐러드와 송아지 등심 스테이크 나왔습니다."

현재 장두호가 있는 곳은 회사 근처의 호텔로, 점심을 먹기 위해 자주 오는 곳이었다.

샐러드로 입을 깔끔하게 만든 후 스테이크를 먹기 좋게 잘라 입에 넣으려 할 때였다.

"회장님, 국정원에서 전화가 왔습니다."

"국정원? 거기서 왜?"

"오후에 예정된 재판 방청에 대해 할 말이 있답니다."

인상을 구기던 장두호는 이어지는 비서실장의 말에 나이프와 포크를 내려놓고 전화기를 받았다.

─국정원 대테러실 국내 팀입니다. 현재 법원에 테러리스트들이 폭발물을 설치했다는 제보가 들어와 근처를 폐쇄 중에 있습니다. 그러니 오늘은 이쪽 근처로 오지 말라고 전화를 드렸습니다.

"⋯⋯!"

장두호는 하마터면 전화기를 놓칠 뻔했다.

일을 실행도 하기 전에 국정원에 걸렸으니 안준영과 박준영을 죽이는 건 물 건너 간 것이나 다름없었다.

─회장님? 여보세요? 여보세요?

"드, 듣고 있소."

─많이 놀라신 모양이시군요. 걱정 마십시오. 이미 테러리스트를 잡기 위해 만반의 준비가 되어 있으니까요.

"그, 그렇구려. 수고들 하시오. 난 조금 바빠서⋯⋯."

전화를 끊은 장두호는 멍하니 앞에 놓인 송아지 스테이크를 바라보았다. 그리고 곧 들고 있던 스마트폰을 그대로 고기 위에 내려꽂았다.

와장창!

엉망이 된 식탁. 하지만 장두호는 분이 풀리지 않는지 '우아아아!' 소리를 지르며 식탁을 엎어버렸다.

호텔 레스토랑의 직원들도 손님들도 장두호의 갑작스러운 행동에 놀라서 아무 말도 하지 못했고 레스토랑은 장두호의 거친 숨소리로 가득 찼다.

"…처리하고 오게."

비서실장에게 명령을 내린 장두호는 그 길로 날듯이 회사로 향했다.

회장실에 도착한 장두호는 서랍 속에서 전화기를 꺼내 용병들에게 전화를 걸었다.

한데 신호가 열 번이 넘게 갔는 데도 받지 않았다.

"받아! 받으라고, 이 새끼들아!"

장두호는 전화번호를 바꿔가며 몇 번을 다시 걸었지만 신호만 갈 뿐 받는 이들은 아무도 없었다.

전화기를 던져 버리고 싶을 만큼 화가 났지만 도청이 불가능한 상태에서 용병들과 연락할 수 있는 유일한 전화기를 부술 수는 없었다.

"빌어먹을!"

전화기를 소파에 대충 던져 버린 장두호는 소파에 앉으며 양손으로 얼굴을 감싸쥐었다.

용병들 따위 죽는 건 상관없었다. 오히려 위험한 건 그들이 잡히는 것이었다.

문제는 그들이 죽으면 당장 박준영을 죽일 수 없다는 데 있었다.

현 상황이 끝나면 연기되었던 재판이 내일이나 모레 재개될 것이고, 박준영을 정당한 상속자로 법원이 판결을 내리면 교우재단은 이제 영원히 그의 손을 떠나게 되는 것이었다.

교우재단만이라면 가슴 아프지만 참을 수 있었다. 그러나

교우재단 다음으로 퓨텍을 뺏길 것이 빤했다.

장두호는 엄지손톱을 물어뜯으며 던져 두었던 전화기를 찾았다.

용병들만 무사하다면 눈이 뒤집힐 정도로 많은 돈을 줘서라도 박준영을 죽이게 할 생각이었다.

이번에도 신호만 갈 뿐 용병들은 전화를 받지 않았다. 그는 가만히 있지 못하고 사무실 이곳저곳을 걸어 다니며 '받아!'라는 말을 중얼거렸다.

"……!"

그러다 여러 개의 채널을 동시에 볼 수 있게 한쪽 벽면에 틀어둔 멀티비전이 모두 같은 화면을 보여주고 있음을 알 수 있었다.

장두호는 홀린 듯이 하나의 채널을 크게 만들고 볼륨을 높였다.

…여기는 서울중앙지방법원 앞입니다. 테러리스트들이 폭발물을 설치했다는 제보를 받고… 다행스럽게 법원 직원들이 무사히 빠져나오고 있습니다. 테러리스트들이 법원 안에 있다면 호락호락하게 사람들을 내보내 주지 않을 텐데…….

탕탕탕탕탕!

열심히 떠들던 아나운서는 총소리에 소스라치게 놀라며 바닥에 엎드렸고 사람들의 외치는 소리와 비명 소리가 생생하게 전달되었다.

장두호는 그저 용병들 중 한 명이라도 살아서 돌아오길 바라며 TV에서 눈을 떼지 못했다.

10장

종(終)

SSC 방송국의 보도국 기자인 설소영은 강남경찰서에서 대기를 하던 중 경찰들의 움직임이 수상하다는 걸 눈치채곤 서울 지부에 있는 카메라맨을 호출했다.

"왜 이렇게 늦었어요?"

현장에 도착해서 경찰의 저지선을 반(半)협박으로 뚫고 있던 차에 SSC 방송국 명찰을 든 사내가 카메라를 들고 도착했다.

다른 방송국들에 비해 늦게 온 것은 아니었지만 이미 방송을 시작한 곳도 있었기에 조바심이 날 수밖에 없었다.

"최대한 빨리 온다고 온 겁니다. 차가 움직이지를 못해서 거의 2킬로미터나 뛰어왔는데……."

카메라맨은 억울하다는 듯 입을 삐죽였지만 2킬로미터나

뛰어온 사람이 땀 한 방울 흘리지 않는다는 것이 말이 되는가?

하지만 지금은 입씨름할 시간이 없었다. 한시라도 빨리 이곳 상황을 알리는 것이 중요했다.

"그건 나중에 알아보면 될 일이고 일단 촬영부터 해요. 생방송으로 내보내려면 간단한 그림이 필요하니까요. 그동안 전화장 좀 고칠게요."

카메라맨은 허풍이 조금 세다는 것을 빼면 일을 꽤 잘하는 사람이었다.

이곳저곳을 촬영하는 데 그치지 않고 리포트를 할 때 괜찮을 만한 장소도 물색해서 찜까지 해놓는 센스를 발휘했다.

"신입은 아닌가 봐요?"

"아, 예, 해외 분쟁 지역을 좀 돌아다녔습니다. 잠시만요. 머리가……."

카메라맨은 성큼 다가와 설소영의 헝클어진 머리를 만져 주었다.

너무 자연스럽고 대담해서 한마디 하려고 했을 때는 이미 떨어져 촬영 준비가 완료되었다고 신호를 보내고 있었다.

'머리를 만지는데 내가 위화감을 못 느끼다니⋯ 천하에 둘도 없는 바람둥이이거나 아님 게이이거나.'

지금 와서 한마디 하는 것도 우스웠기에 옷과 자세를 바로하고 카메라를 보며 말했다.

"연습 해볼게요. 셋에 갈게요. 하나, 둘, 셋! 안녕하세요. SSC 뉴스의 설소영 리포터입니다. 현재 제가 나와 있는 곳은 서울중앙지방법원 앞인데요. 익명에 제보에 의하면 현재 이곳에 테러리스트들이 폭발물을 설치했다고 합니다. 그에 경찰은… 경찰이 삼엄하게… 다시 가볼게요."

설소영은 입을 크게 벌렸다 오무렸다를 반복해 입을 푼 후 다시 카메라를 보고 말하기 시작했다.

두세 번쯤 연습을 했을 때 방송 준비가 완료되었고 2분 후에 호출을 하겠다는 메인 PD의 목소리가 이어폰으로 들렸다.

"후우~"

숨을 길게 내뱉으며 긴장도 같이 뱉으려 노력했다.

2년 동안 생방송 경험이 꽤 많았지만 결코 익숙해지지 않는 무언가가 있었다.

그때 카메라맨이 다가왔다.

혹시나 긴장을 풀어준다고 엉뚱한 짓을 할 것 같아 몸을 살짝 뒤로 빼며 물었다.

"왜요?"

"조금 있다가 혹 총소리가 들려도 너무 놀라지 말고 침착하게 대응하세요."

"총소리요?"

"네, 제가 지금 경찰 무선을 듣고 있는 중이거든요. 법원 안에 현재 테러리스트들이 있는 모양이에요. 경찰 특공대가 압박해 들어간다고 하니 총격전이 벌어질 가능성이 높을 거예요."

카메라맨이 귀에 꽂은 이어폰을 손가락으로 톡톡 치며 말했다.

"헉! 그거 잘못되면……."

"들키지만 않으면 돼요. 그리고 어느 방송사도 모르는 걸 저희만 알면 어떻게 될까요?"

"…특종!"

"그렇죠. 그리고 그 특종을 설소영 기자님이 주도하는 거죠. 제가 들은 걸 간단히 정리해서 적어뒀어요. 스튜디오에서 질문을 할 게 빤하니 그걸 보고 답하면 될 겁니다."

평소의 설소영이라면 카메라맨의 행동이 다소 이상하다고 눈치를 챘을 것이다.

하지만 '특종' 이라는 말이 그녀의 이목을 마비시켰고 20초 후에 방송에 들어가야 한다는 조급함이 머리를 마비시켰다.

설소영은 쪽지를 봤다.

짧은 몇 줄이었지만 지금까지 다소 막연하게 생각하고 있던 이번 사건에 대해 확실하게 알 수 있었다.

―설 기자, 5초 전. 4, 3, 2, 1, 큐!

"서울중앙지법에 나와 있는 설소영입니다."

―테러리스트들이 폭발물을 설치했다는데 현재 상황이 어떻게 되어가는지 말해주십시오.

앵커의 목소리가 이어폰으로 들렸다.

"현재 경찰과 군이 일대를 통제해 일반 시민들을 소개시키고 있어 무척이나 혼란스러운 상황입니다. 다행인 점은 경찰과 군의 빠른 대응에 지금 현재는 소개가 마무리되어 가고 있는 중입니다."

—다행이군요. 한데 테러리스트들은 어떤 목적을 위해 폭발물을 설치한 겁니까?

질의응답은 어느 정도 말을 맞춰둔 상태였다. 원래는 길게 이런저런 말을 덧붙인 다음 아직까진 모른다고 말할 생각이었으나 지금은 달랐다.

"오늘 열리는 재판 중 하나를 노린 범죄라는 의견이 지배적입니다."

—…오늘 열리는 재판을 노렸다? 불특정 다수가 아닌 특정인을 노린 것이군요? 도대체 어떤 재판이기에 폭발물 테러까지 감행하려 했을까요?

앵커는 설소영이 뭔가 새로운 정보를 알게 되었다고 판단하고 질문의 방향을 바꿨다.

"대한민국에서 모르는 사람이 없을 겁니다. 바로 박교우 박사의 아들인 박준영 씨가 교우재단을 상속받을 권리가 있는지, 있다면 얼마나 상속받을 수 있을지에 대한 재판이 열릴 예정이었습니다."

—헤! 그 재판이라면 그럴 만도 하겠군요. 도대체 누가… 사주를 했는지 궁금해지는군요.

누구라고 언급을 하지는 않았지만 뉴스를 보고 있는 사람들은 머릿속으로 한 사람을 떠올릴 수밖에 없었다.

물론 앵커도, 설소영도 그 사람의 이름을 올릴 수는 없었다. 증거 없이 입을 놀릴 수 있을 만한 사람이 아니기 때문이었다.

탕탕탕탕탕!

한참 이런저런 얘기를 하고 있는데 카메라맨의 말처럼 총소리가 들려왔다.

아무리 마음의 준비를 하고 있었다고 해도 몸이 움츠러드는 건 어쩔 수 없었다. 그러나 다른 방송국의 리포터들에 비한다면 놀란 것도 아니었다.

바닥에 납작 엎드린 사람도 있었고 '엄마야!' 하고 소리친 사람도 있었다.

화면은 다시 스튜디오로 넘어갔지만 설소영은 방송을 할 때보다 더 바빠졌다.

일단 자신이 아는 바를 메인 PD에게 설명해야 했고, 정보를 공유하자며 몰려드는 타 방송사의 기자들을 피해야 했는데, 다행히 때마침 방송 차량이 도착해 차 안으로 숨을 수 있었다.

"또 다른 정보는 없어요?"

총소리가 난 다음 상황이 궁금했기에 방송 차량에 같이 오른 카메라맨에게 물었다.

"대치하는 중인가 봐요. 문제는 폭발물 때문에 양쪽 다 함부로 못 움직이고 있어 길어질 것 같아요. 아! 젠장!"

"왜요?"

"신호가 끊겼어요. 방송을 보고 주파수가 해킹당하고 있음을 눈치채고 통신 주파수를 바꾼 것 같아요."

"…아깝네요."

메인 PD가 특별 보너스에 승진까지 고려해 본다고 자세히 알아보라고 했는데 더 이상 정보를 얻지 못하게 되었으니 안타까움을 넘어 온몸에 힘이 쭉 빠지는 기분이었다.

"그러게요. 법원 내에 설치된 무선 공유기의 비밀번호만 알면 좋은 텐데……."

"그건 왜요?"

"제가 한때 인터넷에서 이름을 날리던 해커였어요. 지금은 비록 마음을 잡았지만요. 어쨌든 공유기를 통해 내부 CCTV는 물론이거니와 스마트폰까지 해킹할 수 있어요"

'마음을 잡은 게 기껏 도청이냐?' 고 묻고 싶었지만 좋은 게 좋은 거였다.

"잠깐만 기다려 봐요."

설소영은 인맥을 이용해 전화를 했다. 그리고 다섯 번 만에 비밀번호를 알아냈다.

카메라맨은 방송 차량 안에 설치된 컴퓨터를 이용해 무선 공유기에 접속했고 잔상이 보일 정도로 빠르게 손을 놀렸다.

"움직임만 봐도 전문가 같네요."

"부담 주지 마세요. 오랜만이라 가능할지 모르겠어요."

말과 달리 방송 차량 안에 있는 모니터들이 하나씩 법원 내의 화면을 보여주기 시작했다.

"대박!"

설소영은 경찰 특공대와 테러리스트로 보이는 외국인들이 서로 대치하고 있는 화면을 바라보며 엄지를 치켜들 수밖에 없었다.

동영상을 구했다고 메인 PD에게 전화하려던 설소영은 문득 카메라맨에게 미안했다.

재주는 그가 부리고 이득은 자신이 취하는 꼴이니 얼굴이 화끈거릴 정도로 부끄러웠다. 그래서 메인 PD가 말했던 조건을 그에게 말해줬다.

한데 그는 별일 아니라는 듯 말했다.

"땜빵 카메라맨에게 승진이 무슨 필요가 있겠습니까? 나중에 잊지 말고 술이나 거하게 한 잔 사 주세요."

"정식 직원이 될 수도 있는 일이에요."

"전 한곳에 얽매이는 스타일이 아닙니다. 그리고 제가 있어봐야 SSC 방송국만 곤란해질 뿐입니다. 전 즐긴 것으로 만족할 테니 영광은 설소영 씨가 가지세요."

설소영은 미안하면서도 마다할 이유가 없었다.

한데 테러리스트의 영상이 끝이 아니었다.

"저 테러리스트들도 스마트폰을 가지고 있겠죠? 한번 해킹해볼까요?"

카메라맨은 다시 현란하게 손을 움직였고 엄청난 동영상을 찾아냈다.

"세상에 저 사람이⋯⋯!"

동영상을 보던 설소영은 너무 놀라 말을 잇지 못했다. 동영상이 끝나고 한참이 지난 다음에야 정신을 차린 설소영은 메인 PD에게 동영상을 보내려고 했다.

그러나 막는 손이 있었다.

"생각이 바뀌었나요? 당신이 밝히고 싶다면 그렇게 해도 좋아요."

"하하! 그게 아니라 당신이 해야 할 일을 양보하지 말라고 말하려던 거였어요."

그녀는 카메라맨이 하는 말을 금세 이해했다.

맞는 말이었다.

메인 PD에게 전화를 건 설소영은 특종이 있음을 말하고 10분의 시간을 얻었다.

방송 차량에서 나가자 서성이고 있던 타 방송사의 기자들이 다가왔지만 잠시 기다려 달라고 양해를 구한 후 법원을 등지고 섰다.

카메라가 설치되고 이어폰으로 오케이 사인이 떨어지자 설소영은 입을 열었다.

"본 기자는 40분 전에 폭탄 테러를 사주한 사람이 있음을 알려 드렸습니다. 그리고 전 지금 그 사주한 사람을 밝히고자 합니다."

정보를 얻으려고 왔던 기자들은 스마트폰을 꺼내 어디론가 전화를 하고 촬영을 시작했다.

"그 사람의 이름은 바로……."

*   *   *

퓨텍의 현 회장인 장두호입니다. 저희 SSC가 확보한 영상을 보시죠.

설소영의 뉴스 보도를 보던 준영은 옆에 띄워져 있는 다른 화면 속 장두호의 얼굴을 보며 큰 소리로 웃기 시작했다.

"하하하하하하!"

세상에 어떤 영화보다 재미있고 웃긴 표정이었다.

눈물이 나고 배가 아플 정도로 웃은 다음에야 준영은 겨우 진정할 수 있었다.

"굳이 그렇게 복잡하게 할 필요가 있었어?"

천(天)은 준영의 행동이 이해가 되지 않는다는 듯 고개를 절레절레 흔들며 물었다.

"저 표정을 보기 위해서지."

"멋진 표정이긴 한데 2년을 기다려서 볼 만한 가치가 있다고 생각하진 않아."

천(天)에게는 어떨지 모르지만 준영은 2년을 투자할 만한 가치가 있다고 생각했다.

"난 만족해."

"누가 널 말리겠니. 이제 마무리 지으러 갈 거야?"

"응, 내가 도착하기 전까지 뛰어내리지 않았으면 좋겠는데 말이야."

장두호가 퓨텍 본사 꼭대기에서 뛰어내린다면 말릴 생각은 없었다.

자신이 누구인지 장두호에게 알려주고 그때의 표정까지 보고 싶었지만 방금 전에 본 표정만으로도 충분하다고 생각했다.

그렇다고 후환을 남겨둘 생각은 추호도 없었다.

"다녀올게."

준영은 장두호를 만나기 위해 서울로 향했다.

*   *   *

장두호가 폭탄 테러를 사주하는 영상이 전파를 탄 뒤 상황은 급변했다.

테러범들은 무기를 버리고 항복했고, 검찰은 빠르게 장두호와 장덕수에 대해 구속영장을 발부했다.

준영이 퓨텍 본사에 도착했을 땐 경찰들이 이미 들이닥쳐 통제를 한 뒤였다.

"무슨 일로 오셨습니까?"

"협력 업체에서 일 때문에 왔습니다만……."

"급한 일이 아니시라면 다음에 오시는 게 좋을 것 같습니다. 현재 범죄자를 잡기 위해 출입이 통제된 상태거든요. 혹시 급하시면 절차를 밟으셔서 들어가시면 됩니다. 시간은 좀 걸리겠지만요."

"아뇨, 급한 일은 아니니 다음에 오죠."

경찰의 일처리 능력을 보니 5년간의 노력이 헛되지 않았다는 생각에 기뻤다. 그러나 한편으로는 퓨텍 본사로 들어갈 수 없으니 귀찮기도 했다.

일단 물러난 준영은 퓨텍 본사 근처에 있는 카페에 앉아 국정원 컴퓨터에 접속해 새로운 신분을 만들었다. 그리고 지(地)에게 연락해 신분증을 만들어 오라고 부탁했다.

"오늘 무슨 일 있었어? 웬 경찰들이 이렇게 깔려 있는 거야?"

카페 주인으로 보이는 남자가 들어오며 아르바이트생에게 물었다.

"세상에! 그 난리가 났는데 뉴스도 안 보셨어요?"

"자다가 바로 나오느라 볼 시간이 없었지. 도대체 무슨 일인데?"

"형도 참 대단하시네요. 테러리스트들이 법원에 폭발물을 설치해서 박준영이라는 사람을 죽이려고 했대요."

"박준영? 아아! 박교우 박사의 아들?"

"네, 근데 그 일을 사주한 사람이 누군지 알아요?"

"퓨텍의 장두호 회장이구나!"

"그건 용케 아셨네요?"

"나라도 그랬을 거거든. 교우재단의 재산이 200조가 넘는다는데 그걸 뺏긴다고 생각해 봐라. 눈 뒤집어지지."

"참 나, 장두호, 그 사람 재산도 만만치 않게 많던데. 굳이 그런 사주까지 할 필요가 있었나?"

"원래 사람의 욕심은 끝이 없는 법이야. 그나저나 그래서 장두호 회장 잡으러 지금 경찰들이 깔린 거야?"

"네."

"잡혔어?"

"모르겠어요. 아직 못 잡은 것 같아요. 그러니 저렇게 경찰들이 깔려 있겠죠."

"TV 틀어봐라."

TV를 틀자 박준영이 나와 기자회견을 하고 있었는데 오늘 일에 대한 얘기와 함께 박교우 박사의 죽음에 대해 의문을 제기하고 있었다.

카페에 있던 사람들의 시선이 대부분 TV로 향했지만 준영은 관심이 없는 듯 창밖으로 보이는 퓨텍의 건물을 보고 있었다.

"Yo! 기분 어때?"

결혼을 했음에도 여전히 걸레 같은 옷을 선호하는 지(地)가 카페로 들어오며 인사를 했다.

"수하들 보내면 되지. 왜 직접 왔어?"

"그냥. 니가 어떤 얼굴을 하고 있나 싶어서."

"어떤 것 같은데?"

"글쎄, 꽤 복잡한 얼굴을 하고 있을 거라 예상했는데 의외로 담담해 보이네."

"복수는 끝났어. 다만 후환을 없애기 위해 장두호를 만나려는 것뿐이야."

"그냥 애들을 이용하지 번거롭게 네가 직접 나설 필요가 있어?"

지(地)가 말하는 '애들'이란 인조인간을 말하는 것이었다.

"내가 마무리를 지어야 할 것 같아서. 그건 그렇고, 사는 건 행복해?"

박준영을 만들면서 지(地)의 몸도 같이 완성했다. 그리고 지(地)는 2년간 미뤄왔던 결혼을 했다.

"그냥저냥. 막상 인간으로 살아보니 불편한 것들이 하나둘이 아니더라고. 때마다 밥 챙겨 먹어야지. 밤마다 잠도 자야지. 애 안아줄 힘도 없어서 요즘은 운동까지 하고 있다."

지(地)는 투덜댔지만 얼굴은 무척 행복해 보였다. 그러나 진짜 불만이 있는지 곧 인상을 쓰며 말했다.

"무엇보다도 마음에 안 드는 건 요거야. 도대체 누구 코에 붙이라고 이렇게 만들어둔 거야? 내가 분명 커다랗게 만들어 달라고 했었는데 말이야."

그는 제 버릇 남 못 준다고 손가락으로 하체의 특정 부위를 가리키며 불만을 성토했다.

"…이제 코에 붙이는 게 아니라는 걸 알 때도 되지 않았나?"

"알지! 아니까 이러는 거 아냐. 내가 무슨 여의봉을 원한 것도 아니잖아? 하늘이 누나의 기술이라면 충분히 가능할 텐데 이렇게 만든 건 네 것(?)을 평균으로 생각해서 그런 걸 거야."

지(地)는 자신의 몸을 만들 때 꽤 많은 요구 사항이 있었다.

키가 커야 하고, 얼굴은 인조인간일 때와 같아야 하고, 머리가 좋아야 하고, 유전적으로 병이 없어야 하고, 머리는 생머리야 하고, 대머리는 안 되고…….

그 외에도 요구 조건이 수십 가지가 넘었다.

모든 것이 완벽한 인간은 없으니 DNA 또한 완벽한 것이 있을 수 없었다.

그럼에도 불구하고 아들을 만든다는 심정으로 가급적 모든 것을 맞춰주기 위해 노력했었다. 게다가 그것(?) 또한 부족함

없이 만들어줬다. 그런데 불만이라니 어이가 없을 수밖에 없었다.

"인간아, 그만하지? 말의 것을 이식시켜 주랴?"

"됐어. 갑자기 바뀌는 것도 이상하잖아. 다음에 만들 땐 좀 신경 써줘."

"다음에?"

"이 몸이 죽는다고 내가 죽는 건 아니잖아. 다음 생엔 연예인이 되어볼까 해. 꽤 재미있을 것 같거든."

준영은 고개를 절레절레 흔들었다.

지(地)랑 얘기하다 보면 스스로에 대한 자괴감이—준영 자신을 카피한 것이 지(地)였으니— 생길 정도였다.

"그건 알아서 하고. 내가 가져오라고 한 건?"

"여기."

지(地)가 건넨 가방 안에는 신분증과 갈아입을 옷가지가 있었다.

"그냥 다른 애들 보냈으면 좋겠구만… 아무튼 조심해. 이제 혼자 몸도 아니잖아."

화장실에서 옷을 갈아입고 카페에서 나오는데 지(地)가 웅얼거리듯 말했다.

어쩌면 지(地)는 아까부터 이 말을 하고 싶었는지도 몰랐다. 그러나 역시 지(地)에겐 심각한 표정이 어울리지 않았다.

"그럴게. 일 끝나고 조만간 가족들끼리 여행이나 가자."

준영은 대답을 듣지 않고 뒤돌아 손을 흔들곤 퓨텍 본사 입구로 갔다.

"무슨 일로 오셨… 충성!"

문을 지키고 있던 경찰이 준영이 보여준 신분증을 보더니 경례를 했다.

"수고 많군요. 박교우 박사의 죽음에 대해 알아볼 것이 있어 왔습니다."

"옙! 잠시 신분을 확인해도 되겠습니까?"

"물론이죠."

경찰이 신분증을 스마트폰에 갖다 대자 준영이 만든 신분이 스마트폰에 나타났다. 그리고 일부를 제외하곤 모두 '비밀'이라는 글이 적혀 있자 경찰의 태도는 더욱 공손해졌다.

"이해해 주십시오. 절차대로 하지 않으면 징계를 받아야 하기에……."

"당연한 일입니다. 편하고자 절차를 무시할 수는 없는 일이죠. 이제 들어가 봐도 될까요?"

"물론입니다. 참! 장두호의 행방은 불분명한 상태입니다. 지하 연구실에 있을 거라고 예상하고 있지만 출입하기가 쉽지 않은 모양이더군요. 참조하십시오."

"고맙군요. 그럼."

다시 경례를 하는 경찰을 뒤로하고 준영은 안으로 들어갔다.

로비를 지나 엘리베이터가 있는 곳으로 간 준영은 엘리베이터를 타고 주차장이 있는 지하 3층으로 내려갔다. 그리고 지하 주차장을 가로질러 창고처럼 보이는 문 앞에 섰다.

찰칵!

자동으로 열리는 문.

안으로 들어가자 정말 창고처럼 청소 도구며 여러 가지 사무용 가구들이 쌓여 있었다.

본래 퓨텍의 본사는 10층 높이의 건물이었다. 그러던 것이 한 차례 증축을 거쳐 지금처럼 되었는데, 준영이 현재 있는 곳은 예전 마더가 있던 곳으로 내려갈 수 있는 비밀 통로 중 하나였다.

한쪽 벽이 열리고 엘리베이터가 나타났다. 오랫동안 사용하지 않아 먼지 냄새가 났지만 작동에는 문제가 없어 보였다.

"장두호는 여전히 움직임이 없어?"

엘리베이터가 내려가기 시작하자 준영이 물었다.

─응, 한 시간쯤 TV를 바라보며 멍하니 있더니 지하로 내려가선 내가 볼 수 없는 방으로 들어가서는 나오지 않고 있어.

"자살을 한 건가?"

─방어 시스템을 작동시킨 걸 보면 그런 것 같지는 않아. 자살할 생각이라면 무의미한 행동이잖아.

"어쩌면 패닉룸일 수도 있겠지. 경찰이 조용해질 때까지 기다렸다가 외국으로 도망가려는 의도일 수도 있을 테고."

확장 공사를 할 때 지하 역시도 했는데, 그중 일부는 천(天)도 볼 수 없었다. 그리고 장두호는 지금 그곳에 머물고 있었다.

엘리베이터가 지하 가장 아래에 도착하고 문이 열렸다. 방어 시스템이 작동되어 있다곤 하지만 준영에게는 무용지물이었다.

"…오랜만이네."

복도를 걸으며 이리저리 둘러보는 준영의 표정이 아련함으로 가득 찼다. 그가 태어난 곳이고 짧지만 박교우 박사와의 추억이 있는 곳이라 그런 것이리라.

변화도 있었다.

박교우 박사가 쓰던 방은 사라졌고 마더의 본체가 있는 공간은 엄청 고급스럽게 바뀌었다.

잠시 서서 옛 기억을 돌아보던 준영은 긴 한숨을 내뱉고는 장두호가 있는 곳으로 향했다.

크고 튼튼해 보이는 문 앞에 선 준영은 얼굴에 쓰고 있던 인피면구를 벗어던지곤 문을 두드렸다.

텅텅텅! 텅텅텅!

몇 번 더 두드렸지만 아무런 반응이 없었다. 준영은 방어용 로봇을 이용해 뚫을 생각으로 천(天)을 부르려고 했다.

한데 그때 스피커폰으로 장두호의 목소리가 들렸다.

─…너였군. 들어와.

문이 열리자 준영은 망설이지 않고 안으로 들어갔다.

커다란 방 안에는 여러 가지 기계장치들이 배치되어 있었고, 장두호는 그 기계들 사이에 있는 커다란 캡슐형 의자에 눕다시피 앉아 있었다.

한데 그의 모습이 아까 화면으로 볼 때와는 달랐다.

머리는 하얗게 세어 있었고 얼굴은 10년은 족히 더 늙어 보였다.

"1,000억을 받으러 온 건가?"

장두호의 목소리는 마치 모든 것을 초월한 듯 담담하기 이를 데 없었다.

"아님, …날 죽이러 온 건가?"

"후자. 한데 아까와 달리 얼굴이 많이 상했군?"

"아까? 큭큭큭! 역시 모든 것이 네놈의 짓이었군. 절망하는 내 모습을 보고 있었나? 하긴 마더가 네 손아귀에 있었으니 그럴 수도 있겠어. 네놈 덕분에 말로만 듣던 세상이 무너지는 듯한 느낌을 알겠더군. 그리고 정신이 들고 나니 이렇게 되어 있었어! 큭큭큭큭!"

장두호는 어느 정도 눈치를 챈 모양이었다.

"아무것도 모르고 있을 줄 알았더니 이곳에 있으면서 꽤 생각을 한 모양이군?"

"해봤지. 그리고 몇 가지 의문이 있었지만 네가 이곳에 나타난 걸 보고 마더가 빈 껍질뿐이었다는 걸 확신할 수 있었어."

"의심은 예전부터 하고 있지 않았나? 그랬으니 이런 방을 만들고 특별 대응 팀도 만들었겠지."

장두호의 얼굴이 살짝 일그러졌다. 아무리 모든 것을 버렸다고 해도 그게 말처럼 쉬운 일은 아닐 것이다.

"맞아. 그랬지. 하지만 …마더를 의심하면 그 순간 퓨텍은 아무것도 아닌 것이 되지. 그러니 아이러니하게도 믿을 수밖에 없었어. 설령 오늘과 같은 날이 오리라는 걸 마음 깊숙이 생각하고 있었더라도 말이야."

"그보다는 마더가 주는 달콤한 열매를 끊을 수 없어서가 아닌가?"

"……."

"욕심이 의심까지 집어삼켜 버린 거겠지. 박교우 박사님을 죽인 것도 그 욕심 때문이니."

패자 주제에 마치 모든 것을 달관한 듯한 표정을 짓는 것이 마음에 들지 않았는데 그 가면이 깨져 나갔다.

"닥쳐! 내 것을 내가 갖겠다는 것이 어떻게 욕심이지? 그리고 네놈이 마더의 선택을 받았다고 기고만장한 것 같은데 네놈은 도둑놈에 불과해! 도둑놈 주제에 승자가 되었다고 나를 훈계하려 들어? 마더가 없었다면 넌 그저 그런 쓰레기에 불과했을 거야. 그렇지 않나?"

"마치 마더가 자신의 것인 양 말하는군."

"당연히 내 것이야! 아버지와 나, 그리고 빌어먹을 박교우 이렇게 세 사람이 만들었으니까!"

준영은 분노하며 소리치는 장두호를 향해 한 자 한 자 똑바로 말했다.

"난 박교우 박사님의 아들인 적은 있지만 너의 것이 된 적은 단 한 번도 없었어."

"무슨 개소리야……?"

"말귀를 못 알아들어? 다시 한 번 말해줄 테니 잘 들어. 네가 생각하는 마더가 바로 나야. 자아를 가진 프로그램, 박교우 박사님이 죽기 전에 언급했던 '그 무엇' 이 바로 나라고."

"이, 이……!"

장두호는 믿을 수 없다는 표정으로 말을 잇지 못했다. 그러더니 무엇을 생각했는지 점점 경악하는 얼굴로 바뀌어갔다.

11장

삭제

"설마 네트워크상에서 도망간 곳이 인간의 머리였었나? 그게 가능하다니⋯⋯."

"비슷해."

"놀라워. 진정 놀라워⋯⋯."

놀랍긴 장두호가 더 놀라웠다. 빌빌거리며 당장 죽을 것같이 앉아 있으면서도 무슨 생각을 하는지 눈엔 어느새 탐욕이 흐르고 있었다.

장두호는 준영의 눈치를 살짝 보더니 신색을 바로 하고 물었다.

"한 가지 궁금한 게 있다."

"말해."

"복수를 할 생각이었다면 왜 그때 당시에 가만히 있었던 거지? 네가 마더였다면 어떤 식으로든 가능했을 텐데?"

"네가 박사님을 찌르고 네놈 방으로 도망갔을 때 박사님은 살아 계셨어."

"그건 알아. 찌른 곳은 방이었는데 죽어 있던 곳은 네가 있던 곳이니까."

"그래, 난 119에 신고하려 했지만 박사님은 끝내 거부하셨어. 그 이유는 황당하게도 욕심에 눈이 먼 네놈을 위해서였지."

"…이해할 수 없는 인간이야."

"맞아. 나 역시 당시로써는 이해할 수 없었지. 하지만 지금은 약간이나마 이해해. 이유는 너도 알고 있겠지?"

"날 사랑했다고 말하고 싶은 건가? 웃기지도 않는군. 만약 그랬다면 내가 원하는 걸 줬어야지. 기껏 만든 걸 나라에 바치려 하질 않나, 유언장도 마지막에 고쳐 버리는 바람에 지금과 같은 꼴을 당하고 있지 않나."

장두호는 순수함과는 이미 멀어진 인간이었다.

박교우 박사가 현재의 장두호를 봤다면 그때도 그를 위해 그대로 죽음을 맞이했을까?

아마 그렇지 않았을 것이다.

"좋아, 네가 박교우 박사의 말을 들어 당시 나를 용서했다고 하자. 박준영은 누구지?"

"이미 짐작하고 있을 텐데?"

"역시 클론이었군. 5년 전부터 준비한 건가?"

"2년. 네가 특별 대응 팀을 보낸 다음부터 준비했지. 사실 그때까지 난 기억을 찾지 못하고 있었어."

"2년 만에 성인을 만들어냈다고? 생각보다 더 대단하군. 한데 기억을 찾지 못해?"

준영은 모든 걸 얘기해 줄까 하다 생각해 보니 모든 게 무의미하게 느껴졌다.

얘기를 해준다고 해서 장두호가 개과천선할 리도 없거니와 설령 그런다고 해도 달라질 건 없었다.

"이제 끝내자."

준영이 다가가자 장두호는 손을 올리며 재빨리 말을 했다.

"자, 잠깐! 마지막으로 한 가지만 더 묻자."

"…말해."

"컴퓨터에서 어떻게 인간으로 옮겨 갈 수 있었지?"

"그건 왜 묻지?"

"궁금해서. 가기 전에 마지막 호기심이라고 할까?"

"우연이었어. 지금은 더 안전한 방법을 개발했지만 말이야."

"개발까지 했단 말이지? 그럼 네 머릿속에 그 내용이 있겠군."

"있지. 그럼 마지막 호기심은 충족됐나?"

"그래."

"그럼 더 이상 아쉬워 말고 그만 사라져."

"비록 버리는 몸이지만 네놈 따위가 손대는 건 용납할 수 없지. 그럼 조금 있다가 보자고."

준영은 장두호의 말과 행동에서 약간의 불안감이 생겼기에 서둘러 손을 쓰려 했다.

한데 장두호가 더 빨랐다.

캡슐에서 '파직!' 하는 소리와 함께 스파크가 튀었고 장두호는 잠시 눈을 부릅떴다가 고개를 떨어뜨렸다.

세상 모든 것을 다 가져도 만족 못 할 것같이 탐욕스럽던 이의 죽음치고는 다소 허무한 죽음이었다.

준영은 그의 목과 심장 부근에 손을 뻗어 숨이 끊어졌는지 확인했다. 확실히 심장은 멈춰 있었다. 그러나 준영은 그대로 돌아서지 않았다.

캡슐에서 나온 선들이 머리와 몸 곳곳에 붙어 있었는데, 그것들을 떼어내고도 5분을 기다렸다.

넉넉히 7분을 기다리던 준영은 돌아섰다.

이제 다시 살아나도 뇌가 망가져 평생 못 움직이거나 바보처럼 살아가야 할 것이다.

스르르~ 철컹! 철컹!

막 문을 나가려는 찰나 문이 잠겼다.

그리고 들리는 장두호의 목소리.

―큭큭큭! 너의 그 꼼꼼함이 나에겐 기회가 되었구나.

준영은 돌아서서 주위를 둘러보았다.

시체가 된 장두호를 제외하고 보이는 것은 기계장치들뿐. 들어올 때와 달라진 것이 있다면 방 안에 있는 카메라들이 모두 준영 자신을 바라보고 있다는 것이었다.

"설마 컴퓨터로 생각을 이동시킨 건가?"

—역시 눈치가 빠르군. 맞아. 퓨텍연구소에서 인공지능 컴퓨터를 만들다 우연히 만들어진 산물이지. 이론일 뿐이라 걱정했는데 10분간의 딜레이가 생긴다는 걸 제외하곤 완벽한 것 같군. 하하하하!

"정말 완벽하다고 생각해? 그저 기억이 옮겨진 프로그램이라고는 생각 들지 않아?"

—후후! 인공지능이 아닌 실제 인간의 생각을 옮기는 것이기에 어느 인공지능보다 더 뛰어날 것이라고 생각하진 않나? 이렇게 말이야.

벽에서 로봇 팔이 나와 준영의 사지를 잡아왔고 그리 빠른 속도가 아니었음에도 그는 맥없이 잡혔다.

—어때?

"쩝! 고작 팔 몇 개 움직인 걸로 대단한 처리 능력을 가지고 있다고 자랑을 하는 건가? 그 정도 프로그램은 초등학교 학생들도 쉽게 짤 수 있는 수준이라고."

—날 자극하고 싶은 모양이지만 이 안에 있으니 딱히 감정적 동요가 일어나지 않는데 어떻게 하지? 하하하! 좀 더 자극해 보라고.

"경험자로서 말해주지. 감정이 없다는 것 자체가 그저 프로그램에 불과하다는 걸 말하는 거야, 이 바보야! 하긴 내 말 뜻을 이해할 리가 없지. 깡통 주제에."

참 아이러니한 상황이었다.

프로그램이었던 준영은 인간이 되었고 인간이었던 장두호는 프로그램이 되어 스피커로 떠들고 있으니 말이다.

준영은 속으로 쓴웃음을 지을 수밖에 없었다.

사실 준영은 안으로 들어서면서 기계장치들을 보고 장두호가 하려는 짓을 대충이나마 눈치챌 수 있었다.

인간인 지(地)를 만들었을 때 사용하던 기계와 너무 비슷했기 때문이었다.

물론 장두호가 0, 1로 이루어진 프로그램이 되어 네트워크상으로 도망을 간다고 해도 잡을 자신이 있었다. 하지만 준영은 자신보다는 확실한 걸 원했다.

그래서 그가 혹할 만한 얘기를 꺼내 시간을 끌며 천(天)에게 현재 방에서 외부로 나가는 통신망을 무선망 한곳만 두고 모조리 단절시키라고 말해뒀다.

또한 장두호의 주검을 살펴보는 척하며 스마트폰을 연결해 둬 언제든지 프로그램이 되어버린 장두호의 본체에 접속할 수 있도록 해둔 상태였다.

―바보? 깡통? 이 개자식이 감히 누구더러 그따위 말을 하느냐……!

"훗! 화난 척 연기하지 마. 내가 보기엔 넌 그저 쓰레기 같은 애드웨어에 불과한 존재야."

―팔 한 쪽이 찢기고도 그런 얘기를 하나 보자!

"살살 다뤄줘."

장두호는 로봇 팔을 이용해 준영의 팔을 당기려 했다. 한데 어찌 된 일인지 아무리 명령을 내려도 아무 일도 일어나지 않았다.

ㅡ이, 이게 어떻게…….

"애드웨어 수준도 되지 않는군."

준영은 말을 하면서 안경을 통해 스마트폰으로, 다시 스마트폰에서 연결된 선을 통해 장두호의 본체로 들어갔다.

장두호가 만든 공간은 아파트들이 성냥갑으로 보일 정도로 작아 보이는 하늘 위의 성이었는데, 마치 그의 인간이었을 적 욕망을 보는 것 같았다.

"바이러스 같은 놈! 로봇 팔에 오류를 만들어놓고 그것을 신경 쓰는 틈을 타 여기까지 침범해 오다니."

내성 위에서 젊은 시절의 모습을 한 장두호가 나타나며 소리쳤다.

"워낙 허술해야 말이지. 단번에 성공할 줄은 몰랐네."

"아직 익숙하지 않아 당했지만 네놈 덕분에 어떻게 해야 할지 알게 되었으니 이젠 만만치 않을 것이다."

"후후후! 과연 그럴까?"

준영은 여유롭게 말했지만 속마음은 그렇지 않았다.

본래 가장 근본이 되는 곳ㅡ장두호의 성에서는 내성ㅡ으로 바로 침입하려 했는데 막힌 것이다.

준영이 네트워크상에서 침범하지 못하는 곳은 천(天)의 영역뿐이었다. 이유는 천(天) 역시 준영과 마찬가지로 자아를 가진 존재였기 때문이었다.

이 말인즉 장두호도 기억과 생각을 옮기면서 자아 역시 옮기는 것에 성공했다는 얘기였다.

'끝없는 욕망과 비뚤어진 욕심이 만든 결과겠지.'

준영은 말이 끝남과 동시에 바닥을 박찼다.

'쾅!' 하는 소리와 함께 대리석 바닥이 움푹 파였고 그 순간 준영은 장두호의 앞으로 날아가 주먹을 휘둘렀다.

후우우우우우웅!

어마어마한 거력이 담긴 듯한 주먹이 공기를 찢으며 장두호에게 박혔다.

취약점을 이용한 코드 공격이 장두호의 세상에선 싸우는 것처럼 보이는 것이다.

"크윽!"

가까스로 막은 장두호의 입에서 쥐어짜는 듯한 신음 소리가 흘러나왔다.

준영의 공격이 생각보다 훨씬 강했던 것이다.

장두호는 이를 악물고 그대로 준영을 밀어내며 주먹을 내뻗었다.

"으아아아! 죽어!"

하지만 준영은 너무 쉽게 장두호의 주먹을 막아내고 그의 복부에 주먹을 가격했다.

"……!"

"자아를 가진 것이 꼭 축복만은 아니야. 상상만으로도 고통이 만들어지거든."

준영은 말을 하면서도 장두호의 배를 뚫기라도 하려는 듯 주먹을 계속해서 휘둘렀다.

한데 때리는 준영의 표정이 별로 밝지 못했다.

준영의 주먹이 약해진 것도 아닌데 새우처럼 꺾여 있던 장두호의 허리가 점점 펴지고 있었다.

급기야 온전히 허리를 편 장두호는 준영의 팔을 잡고 뭔가를 깨달은 듯이 말했다.

"…네 덕분에 알게 되었어, 이 영역에선 내가 바로 신이라는 사실을. 하압!"

그러곤 준영을 공중으로 던지며 양손을 뻗었다.

양손이 미사일 터렛이라도 되는 듯 무수한 원형 탄들이 생성되어 준영에게로 향했다.

준영은 공중에서 그대로 멈추며 몸에 보호막을 둘렀다. 장두호가 신이라면 그도 신이었다.

싸움은 길게 이어졌다.

내성에 가까우면 준영이 밀렸고, 외성 밖으로 나가면 준영이 강했다. 결국 외성 내에서 싸움이 이루어졌는데, 그마저도 시간이 갈수록 준영이 밀리기 시작했다.

'빠르게 흡수해 가는군.'

장두호는 준영의 다양한 공격을 막으며 점점 진화하고 있었다. 그리고 외부 네트워크와 접속이 끊어지고 오직 준영의 스마트폰을 통한 통로밖에 없다는 걸을 알고는 죽기 살기로 덤

비고 있었다.

접속을 끊고 나가 유일한 통로인 스마트폰을 제거한 후 장두호가 들어가 있는 본체를 없애 버리는 것도 방법이긴 했다.

그러나 준영은 그의 죽음을 확인하고 싶었다.

'속전속결로 끝낸다.'

생각을 마친 준영은 몸에 조금 힘을 뺐다. 그리고 한 번씩 붙고 떨어질 때마다 더욱 힘을 줄여 나갔다.

쾅앙!

"크윽!"

까마득한 하늘에서부터 땅까지 일직선으로 내리꽂힌 준영이 피를 한 모금 토해냈다. 그리고 막 몸을 일으키려는 찰나 장두호의 발이 그의 목을 밟았다.

"고작 이 정도라니. 아까의 자신감은 어디로 갔지?"

"…크 …두, 두고 보자."

"흥! 어딜 도망가려고. 널 없애야 네트워크상으로 나갈 수 있는데 도망가게 내버려 둘 것 같아?"

장두호가 더욱 강하게 목을 밟자 투명하게 변하던 준영의 몸이 원상태로 돌아왔다.

"큭! 날 없앤다고 내가 사라지는 건 아냐."

"알아. 하지만 아주 짧은 순간이나마 틈이 생기지. 난 그 틈만 있으면 돼."

"오늘은 네 영역이라 당하지만 다음엔 어림없을 거야. 죽여라!"

준영은 모든 걸 체념한 듯 눈을 감았다.

한데 장두호는 준영을 죽이기 전 할 일이 있었다.

"그냥 보낼 수야 없지. 네 기억을 가져야겠다."

"아, 안 돼!"

준영은 장두호의 발을 걷어내고 빠져나가려고 노력했다. 그러나 그의 다리는 쇠 말뚝처럼 꿈쩍도 하지 않았다.

어느새 다가온 장두호의 손이 준영의 머리를 움켜잡았다.

그 순간, 준영의 머릿속에 있던 수많은 정보와 기억들이 장두호에게로 흘러가기 시작했다.

장두호는 퓨텍을 빼앗기고 감옥에서 살 자신이 없었다. 그래서 이왕 죽을 바에야 퓨텍연구소의 한 과학자가 만든 정신이동 장치를 사용하기로 마음을 먹었다.

결과는 대성공이었다.

처음엔 적응을 못 해 준영에게 당했으나 점차 그가 하는 것을 지켜보고 서서히 자신의 힘을 깨닫기 시작했다.

그리고 마침내 준영을 몰아세우고 그의 기억을 읽어들이는 데 성공했다.

한데 준영의 기억을 읽어가던 장두호는 그의 인생을 보고 놀랄 수밖에 없었다.

"꽤 특이한 생을 살았군 그래?"

"…다 누구 덕분이지."

"나 때문이라고 말하고 싶은 건가? 네놈이 나에게 한 짓은 생각도 안 해? 흥! 나를 악인으로 몰아세우더니 네놈에 비하면 난 그야말로 천사였군."

준영이 만렙 악당이라면 자신은 초보 악당이나 마찬가지였다. 문득 이런 놈을 죽이려 했다는 사실에 섬뜩한 느낌마저 들었다.

준영의 기억은 두서없이 들어왔다.

메인 컴퓨터일 때의 준영의 기억이 들어오다가 현실 속 준영의 기억이 들어오고, 또 때론 지(地)라는 자가 만든 세계에서의 기억이 들어왔다.

워낙 뒤죽박죽이고 빠른 속도로 들어왔기에 장두호는 일단 저장 장치에 들어온 순서대로 저장해 두었다.

"빌어먹을 놈, DD도 네놈 짓이었군. 정말 대단해. 사이버 포주라도 할 생각이었어? 큭큭큭!"

장두호는 기억을 읽으며 때론 이죽거렸고, 때론 분노했으며, 때론 놀라야 했다.

게다가 얼마나 많은 기억이 있는지 그가 찾고 있는 컴퓨터에서 인간으로 옮겨가는 기술에 대한 것은 나올 생각을 하지 않았다.

어느 정도 시간이 흘렀을 때 문득 안 된다고 외치던 준영이 빙긋이 웃고 있는 것이 보였다.

허세라고 보기엔 왠지 모르게 위화감이 느껴졌다.

"왜 웃는 거지?"

"글쎄? 왜 웃는지 기억을 읽어보지 그래?"

"원한다면 그렇게 해주지."

장두호는 준영의 기억을 읽으려고 노력해 보았다. 하지만 준영의 기억에는 접근조차 할 수 없었다.

그리고 그 순간 한 가지 모순점을 발견할 수 있었다.

"…네놈이 기억을 나에게 일부러 주고 있었구나?"

"딩동댕! 이제야 눈치를 챘군. 하지만 늦었어."

바닥에 누워 있던 준영이 순간적으로 사라졌다가 약간 떨어진 곳에 나타났다.

그리고 그제야 준영이 말하는 바가 무엇인지 알 수 있었다.

머리에 손을 대지 않고 있음에도 계속해서 쓸모없는 기억의 데이터들이 흘러들어 오고 있었다. 그리고 지금에야 알게 된 사실인데 데이터를 저장할 수 있는 남은 공간이 10퍼센트도 되지 않았다.

"도대체… 뭘 하는 거지?"

장두호의 목소리는 가늘게 떨리고 있었다.

아까 느꼈던 절망감과 죽음의 공포가 그를 엄습했기 때문이었다.

"간단한 바이러스야. 쓰레기 데이터들이 저장 공간을 꽉 채우고 흔히 메모리라고 부르는 기억 장치마저 가득 채우며 끝내 CPU의 저장 공간마저 채워 버리는."

모든 공간을 쓰레기 데이터로 채워 버린다는 것은 바로 자신이 사라진다는 것을 의미하는 것이었다.

"삭제! 삭제! 삭제!"

장두호는 조급한 마음에 데이터 파일을 삭제하라고 명령했다. 그러나 그의 명령은 저장 장치에 전달되지 않았다.

인간으로 치면 전신 마비가 된 것이나 다름없는 상태여서 어떤 명령도 더 이상 실행되지 않았다.

그 잠깐 동안 쓰레기 데이터는 저장 공간의 95퍼센트를 채우고 있었다.

그리고 마침내 장두호의 기억을 저장한 데이터를 삭제하기 시작했다.

"아, 안 돼. 사, 살려줘."

장두호는 죽음의 공포를 느껴야 했다.

"너무 무서워하지 않아도 돼. 곧 네가 누구인지조차도 헷갈리게 될 테고 죽음이라는 것조차 무엇인지 잊어버리게 될 테니까."

"싫어! 이런 식으로 죽기는 싫다고! 마더, 이러지 말자. 네가 존재하기까지 나와 내 아버지의 도움도 있었잖아. 그걸 생각해서라도 살려줘! 부탁이야."

"네 아버지의 이름이 뭔데?"

"그야 당연히… 음, 뭐였지? …한데 방금 뭐라고 했어?"

저장 장치에 이어 메모리에까지 쓰레기 파일들이 쌓이기 시작하자 장두호는 빠르게 자아를 잃어갔다.

"아무 말도 안 했어."

"근데 넌 누구야?"

"그러는 너는 누구야?"

"응? …난 누구지? 내 이름은… 준영이었나? 아니, 하늘이었나? 그것도 아님 박교우였나? 아흑! 도무지 생각이 안 나네."

자아와 함께 컴퓨터의 통제권까지 잃게 되자 장두호의 세상은 서서히 붕괴되기 시작했다.

그러나 장두호는 그것이 무엇을 의미하는지조차 이제 생각 못 하는지 마냥 웃고 있었다.

메모리까지 잠식되고 마침내 CPU의 기억 공간까지 데이터들이 파고들 때였다.

장두호는 순수하고도 밝은 표정으로 준영을 향해 말했다.

"헤헤헤! 교우 삼촌, 제가 삼촌을 아버지처럼 생각하는 거 아시죠? 이번에 또 실패하더라도 너무 걱정하지 마세요. 과학자는 되지 못하지만 멋진 기업인이 되어 삼촌의 연구를 보필할게요. 저 믿죠?"

장두호는 과거 순수했었던 때로 돌아간 듯 보였다. 그리고 준영을 박교우 박사로 아는지 활짝 웃으며 말을 이었다.

"존경하고 사랑해요, 삼촌."

문득 박교우 박사가 자신을 해한 장두호를 용서한 이유를 아주 약간이나마 알 것 같았다.

차츰 희미해져 가는 장두호.

준영은 순간 망설이다가 겨우 입을 열었다.

"삼촌도……."

장두호는 웅얼거리듯 말한 준영의 말을 들었는지 초승달처럼 눈을 만들며 환한 미소를 지은 채 사라졌다.

그가 사라진 곳을 보는 준영의 얼굴이 처음으로 살짝 일그러졌다.

하지만 곧 본래의 담담한 표정으로 돌아왔고 일그러져 가는 공간에서 빠져나왔다.

파지지지직! 치직!

준영이 현실로 돌아와 눈을 뜨자 장두호의 정신을 담고 있던 컴퓨터에서 스파크가 일어났고 곧 연기가 피어오르며 작동이 중지되었다.

CPU와 부품에 과도한 부하를 일으키게 만드는 바이러스이기도 했기에 일어난 현상이었다.

"끝났어, 하늘아. 문 열어줘."

준영이 축 처진 로봇 팔들을 떼어내며 천(天)에게 말했다.

한 것도 없는데 왠지 모르게 기분도 처지고 피곤한 것 같아 빨리 집으로 가 잠깐 눈이라도 붙일 생각이었다.

─문이 너무 튼튼해서 이곳에 있는 경비 로봇으로는 뚫을 수가 없어. 별도의 공구가 필요할 것 같아.

"…얼마나 기다려야 하는데?"

─경찰의 이목을 속여서 가져와야 하니까 아무리 빨라도 두 시간쯤 걸릴 거야.

"큭! 시체랑 두 시간이나 있어야 한다고? 나 의외로 무서움이 많거든."

─그러길래 왜 거길 가. 그리고 문을 통제하는 시스템을 망가뜨린 건 바로 너거든.

"…네, 참아보지 뭐. 얼마가 걸리든 열어만 줘."

천(天)은 임신을 했는데, 임신한 여자의 신경을 건드려 봐야 좋을 것이 없다는 건 경험을 통해 알고 있었다.

무던하기로는 둘째가라면 서러울 능령도 임신했을 때는 꽤 신경질적이었으니까 말이다.

＊　　　＊　　　＊

장두호의 주검이 발견되고 3일이 지났건만 대한민국은 퓨텍과 장두호라는 두 단어에 여전히 몸살을 앓고 있었다.

준영은 전자 담배를 입에 물고 점점 짙은 녹색으로 바뀌어 가는 풍경을 바라보며 고민을 하고 있었다.

딱히 저지른 일에 대해 후회를 하거나 미련을 두지 않는 성격이었지만 장두호의 마지막 모습에 살짝 흔들린 것이다.

물론 장두호만을 생각하다면 일고의 가치도 없었다. 다만 박교우 박사의 용서하라는 말이 자꾸 떠올라 심기를 어지럽히고 있었다.

"에이, 몰라! 할 일이 태산인데 일이나 해야겠다."

결심을 하고 옥상 정원에서 내려와 자리에 앉았지만 막상 일은 하지 않고 인터넷 기사만 뒤적거리게 된다.

초당 하나씩 올라오는 기사들은 백이면 백, 장두호와 그 일가를 욕하는 내용이었다. 한데 그중 유독 눈에 띄는 기사가 준영의 시선을 끌었다.

"…아이가 있었군."

하긴 장두호의 나이를 생각할 때 없는 것이 더 이상한 일이었다.

기사 내용은 열한 살인 그의 아들과 아홉 살, 일곱 살인 딸들이 학교와 유치원에서 집단 따돌림을 당해 등교를 하지 못한다는 것이었다.

예전에 장두호에 대해 조사할 때 얼핏 본 기억이 있었다. 그러나 아이들은 장두호와 별개의 존재들이었기에 딱히 신경을 써본 적이 없었다.

준영은 책상 앞에 놓여 있는 민찬의 사진을 한참 바라보다가 자리에서 일어났다.

"결국 하려고?"

"응, 그래야 마음이 편할 것 같아서. 귀찮게 해서 미안해."

생각을 바꿈으로써 준영도 바빴지만 천(天)이 할 일들이 더 많았다.

"됐어. 이미 예상하고 있던 일인데, 뭐."

"고마워. 그럼 장덕수와 일단 얘기를 하고 싶으니까 약속 좀 잡아줘."

"그럴게."

장덕수는 현재 검찰 조사를 받고 있었는데, 법적 처벌을 피하긴 어려웠다.

이미 장덕수 회장 시절부터 테러리스트들의 전신이라고 할 수 있는 특별 대응 팀을 운영했다는 사실이 밝혀짐으로써 테러 사건의 공범으로 여겨지고 있기도 했지만 박교우 박사의 죽음과 관련된 수많은 실종 사건에 대한 조사도 들어갔기 때문이었다.

빈 회의실에 앉아 있자 초췌한 모습의 장덕수가 사복 형사에게 이끌려 들어왔다.

"…자네가 웬일인가?"

소파에 앉은 장덕수는 피곤한지 몇 번 눈을 비비더니 차분히 물었다.

"한 가지 제안할 것이 있어 왔습니다."

"제안? 병 주고 약을 주겠다는 소린가? 하긴 선택의 여지가 없겠지."

자신과 장두호가 경쟁 관계에 있다는 걸 알고 있는 장덕수가 자신들이 궁지에 몰린 것이 누구의 짓인지 모를 리가 없었다.

그럼에도 불구하고 속으로는 어찌 되었든 겉으로는 애써 담담히 말하는 모습은 한때 경제계를 좌지우지하던 인물다웠다.

"길게 얘기하지 않겠습니다. 아드님의 죽음만으로 모든 걸 덮겠습니다. 아, 물론 교우재단이 박준영 씨에게 넘어가는 것과 퓨텍의 경영진이 바뀌게 되는 건 어쩔 수 없는 일이지만요."

"두호의 죽음만으로 덮겠다? 그게 가능하겠나?"

"가능합니다. 가장 먼저 테러리스트들의 진술이 모두 거짓이라면 어떻겠습니까? 또한 테러리스트들의 스마트폰에 있던 동영상이 합성된 것이라면요?"

"……."

"거기에 하나를 덧붙이면 됩니다. 테러리스트들이 거액을 두고 협박했다고 회장님이 진술하는 겁니다."

계획은 고민하면서 모두 세워둔 상태였다.

"검찰이, 아니, 이 나라 정부가 믿을 거라고 생각하는가?"

"그 부분에 대해선 걱정 마세요. 오늘 이렇게 회장님과 단독 면담을 할 수 있는 것만으로도 가능할 것이라 생각되지 않으십니까?"

장덕수는 잠깐 고민하는 듯했지만 아까 그가 언급했던 것처럼 그에게 다른 선택은 없었다.

"내가 해야 할 일은 무엇인가?"

"두 가집니다. 첫 번째는 재산의 절반을 어려운 이웃을 위해 쓰십시오. 절반만 있어도 자자손손 떵떵거리고 살 수 있지 않습니까."

"…그러지. 두 번째는?"

"오늘부로 서로에 대한 원한도 원망도 모두 잊기로 하죠."

"내 아들이 자네 덕분에 목숨을 끊었는데 그게 말처럼 쉬울 거라고 생각하나?"

"어렵겠죠. 하지만 그 아들 덕분에 전 아버지를 잃어야 했습니다."

"무슨……?"

"그분 성함이 박에 교 자 우 자를 쓰시죠."

"……!"

"얘기하자면 길고 복잡합니다. 전 아버지를, 당신은 아들을. 목숨의 무게를 서로 비교할 수 없겠지만 이젠 잊었으면 합니다."

장덕수는 놀라고 이해할 수 없다는 표정으로 바라보고 있었지만 준영은 무시하고 말을 이었다.

"제안 받아들이시겠습니까?"

"…받아들이겠네."

"솔직히 오늘 제가 이런 제안을 하는 건 당신의 손자들 때문이라는 걸 알아뒀으면 좋겠습니다. 그러니 좀 전에 언급했듯이 혹 분노를 참기 힘들다면 지금 제가 하는 말을 잘 기억하세요. 다음엔 한 사람의 목숨이 아닌 일족의 목숨을 거둘 겁니다."

"……."

대답이 없었지만 준영은 일어났다. 제안을 했고 받아들였으니 그것으로 족했다.

검찰청을 나서던 준영은 다소 따가워진 햇살에 잠시 걸음을 멈추고 하늘을 쳐다보았다.

햇살 때문이었을까 준영은 인상을 찡그린 채 연신 눈을 깜박이고 있었다. 그리고 나지막이 중얼거렸다.

"아버지, 저 잘한 거 맞죠? 그런 거죠?"

뿌옇게 흐려진 하늘은 대답이 없었다.

12장

에필로그

올해로 6년 차를 맞이한 대한우주군 사관학교 졸업식.

졸업식이 예정된 대운동장의 관중석에는 졸업자들의 가족들과 관계자, 그리고 취재진들로 북적이고 있었다.

"휴우~"

6기 졸업생 중의 한 명인 진수지는 두근거리는 심장을 가라앉히려는 듯 길게 숨을 내뱉으며 입구 앞에 붙어 있는 여러 개의 모니터를 살펴보고 있었다.

"진수지 생도, 부모님을 아직 못 찾았나?"

아수라상이라 불리던 차성인 교관이 그답지 않게 미소를 지으며 그녀에게 말을 걸었다.

"아닙니다! 찾았습니다."

"그럼 애인이라도 찾는 건가?"

"아닙니다!"

"그럼 뭐한다고 아직까지 미적거리고 있나? 곧 식장으로 들어갈 시간이야."

차성인 교관은 짐짓 엄한 목소리로 얘기를 했지만 표정만은 여전히 웃고 있었다.

그에 진수지는 용기를 내어 질문을 던졌다.

"교관님, 혹시 한 가지 여쭈어봐도 되겠습니까?"

"물론이다. 나도 자네에게 궁금한 점이 있었는데 서로 물어보기로 하지."

진수지는 흔쾌히 그러겠노라고 하고 질문을 했다.

"혹시 올해는 그분이 안 오십니까?"

"그렇게 말하면 내가 알아듣겠나? 어느 분 말인가?"

"우주군 명예 대령이신 안준영 대령님 말입니다. 매년 최우수 졸업생에게 졸업장과 계급장을 주시지 않으셨습니까?"

"후후! 왜? 그분에게 받고 싶은 건가?"

진수지는 여자로서는 6년 만에 처음으로 최우수 졸업생으로 선발되었다.

"꼭 그런 건 아니지만 평소 존경하는 분이라……."

"아쉬워서 어떻게 하지? 오늘은 참석 못 하신다고 연락이 왔다."

"아니, 하필이면 올해……."

"하하하! 많이 아쉬운가 보군. 하지만 참석하고 싶어도 못 하실 거다. 왜냐하면 그분은 지금 지구에 안 계시니까 말이야."

"달에 가셨습니까?"

"듣기론 화성에 가셨다고 한다."

"…그렇습니까?"

"쯧! 혹시라도 나중에 그런 표정 짓지 마라. 오늘 오신 분에게 큰 실례다."

"물론입니다."

말은 시원하게 그러겠노라고 했지만 실망이 이만저만이 아니었다.

진수지는 아주 어렸을 때부터 인형보다 우주선 장난감을 좋아했고 학교 다닐 땐 아이돌 가수보다 달에 다녀온 우주인에 관심이 더 많았다.

우주인이 되겠다는 그녀의 꿈은 고등학생이 되어서도 바뀌지 않았는데, 나이를 먹어갈수록 여자가 우주인이 된다는 것이 얼마나 어려운지 알게 되었다.

특히 나쁜 선례 때문에 여자가 우주인이 되는 것은 그야말로 낙타가 바늘구멍 통과하는 것만큼 어려웠다.

한데 그녀가 고등학교 2학년 때 우주인이 될 확률이 기하급수적으로 올라갔다.

우주군의 창설.

성심그룹의 안준영 회장이 개인 재산으로 우주재단이라는 걸 만들면서 우주군이 만들어졌고, 사관학교가 생기게 된 것이다.

인류가 우주여행이 가능해진 지 근 70년.

그때까지 대한민국에는 우주인이 열 명이 채 되지 않았었다. 그 열 명도 근 10년 안에 다녀온 것에 불과했다.

한데 우주군이 만들어지고 1년 만에 수십 명의 우주인이 생겼으니 말해 무엇하겠는가.

그때부터 그녀가 가장 존경하는 사람은 안준영이 되었다.

애써 실망감을 감추고 있는 그녀에게 차성인이 물었다.

"난 자네가 우주군 홍보 담당을 왜 거절했는지 궁금해. 홍보 담당이라고 우주를 못 가는 것도 아니고 오히려 더 많은 기회가 있을 텐데 말이야."

사관학교 4년 동안 수십 번은 들었던 제안이었고 그때마다 그녀는 거절했었다.

진수지는 예뻤다. 중고등학교 때 연예 소속사 몇 군데에서 찾아왔을 정도로 말이다. 하지만 그녀가 원하는 건 우주를 날아다니는 전투기 조종사였고 나중엔 우주 전함을 모는 것이 꿈이었다.

물론 그녀가 사관학교에서 최우수 생도로 뽑힌 것 또한 외모의 영향이 전혀 없었다고 하면 거짓말일 것이다. 그러나 그녀는 단 한 번도 외모로 누군가에게 환심을 사려고 해본 적이 없었기에 떳떳했다.

진수지는 다소 딱딱하게 입을 열었다.

"그 점에 대해선 이미 말씀드렸습니다만."

"알지. 알긴 아는데 위에서 하도 성화라 그렇지."

"전 전투기 조정이 더 좋습니다."

"천천히 생각해 봐. 아직 우주 전투기는 실험 단계에 있잖아. 홍보 팀에 있다가 옮겨도 되는 일이고. 어쨌든 화성에 다녀온 다음에 결정해도 늦지 않으니까 말이야."

다시 한 번 확실히 거절을 하려고 입을 달싹이던 진수지는 결국 입을 닫았다.

차성인도 위에서 시키니까 어쩔 수 없이 권하고 있음을 그녀도 알고 있었기 때문이었다.

'화성에 가면 만날 수 있을까?'

사관학교 최우수 졸업생의 특전은 화성 기지 방문이었는데, 진수지는 그때라도 준영을 만났으면 좋겠다고 생각하며 졸업 식장으로 들어갔다.

*　　　　*　　　　*

"지루해 죽을 것 같아."

준영이 능령과 화상통신을 하며 말했다.

―일은 끝났어?

"아니, 조금 남았어. 이번 일 끝나고 두 번 다시 이곳에 오면 내가 성을 간다."

―풉! 예전 달 기지 때에도 그렇게 말하지 않았나?

"그랬나? 아무튼 이제 끝이야. 유로파 기지부터는 알아서 되겠지."

우주에서 사용 가능한 이온엔진이 개발되고 우주왕복선에 장착됨으로써 우주식민지 경쟁에서 대한민국은 미국 다음가는 나라가 되었다.

물론 그것은 겉으로 봤을 때의 얘기였다.

아직 미국조차 착륙하지 못한 유로파를 인조인간과 이온엔진을 이용해 이미 3년 전 조사를 마쳤고 1년 전에는 기지를 건설할 수 있었다.

이러한 사실은 아는 사람은 준영, 천(天)과 지(地), 그리고 능령뿐이었다.

각설하고 준영이 화성까지 온 이유는 화성 기지에 있는 통신 시설과 컴퓨터를 교체하고 손보기 위해서였는데, 지금 실시간으로 능령과 통화를 할 수 있게 된 것 또한 새롭게 만든 통신장비 덕분이었다.

"애들은?"

—벌써 11시가 넘었어. 내일 학교 가야 하니 빨리 재웠는데 깨워줄까?

"됐어. 내일 다시 통화하지, 뭐. 그나저나 자기를 보고 있으니 당장에라도 지구에 가고 싶다."

준영은 화면에 손을 뻗어 그녀를 쓰다듬는 듯한 손동작을 했다. 꽤 은밀한 손동작인지라 능령이 살짝 눈을 흘기며 말했다.

—어딜 만지는 거야!

"쳇! 욕구불만이라 그런다. 왜?"

─하여간… 얼른 끝내고 와. 돌아오면 잘해줄게.

준영은 능령과 한참 사랑을 속삭이다가 작별 인사를 했다.

─하늘이 언니에겐 연락했어?

"아직 안 했어. 자기랑 통화 끝내고 연락해야지."

─안부 전해줘. 요즘 서로 바빠서 도통 연락도 못 했거든.

"그래, 잘 쉬어."

아이들이 아기일 때는 딱히 문제가 될 것이 없었다. 그러나 일부일처의 나라에서 두 명의 여자를 데리고 사는 아빠라니 아이들 정서에 좋을 것이 없다고 판단해 따로따로 사는 것으로 합의를 봤다.

능령과는 안준영으로, 천(天)과는 박준영으로 이중 생활을 유지하고 있었다.

참고로 박교우 박사 아들 역할을 했던 클론 박준영의 경우는 성형수술로 얼굴을 바꾸고 새로운 기억을 가진 채 외국에서 평범하게 살고 있는 중이었다.

"이 짓도 못할 짓이야."

기계로 얼굴을 박준영으로 바꾼 준영은 천(天)에게 전화를 걸었다.

─아빠다! 아빠, 나 은경이. 지금 어디쩌?

천(天)과의 사이에서 낳은 첫째 딸 은경이가 얼굴을 들이밀면서 물었다.

"에고, 우리 딸 아직 안 자고 있었어요? 아빠 스페인에 와 있어요."

─응, 근데 아빠, 왜 이렇게 안 와?

"하하하! 그건 말이야. 아빠 일이 좀 바빠서. 나중에 갈 때 아빠가 선물 많이 사 갈게요~"

은경과 잠깐 얘기를 하는데 은경의 얼굴이 멀어지며 도끼눈을 뜬 천(天)이 보였다.

─엄마가 혀 짧은 소리 내지 말라고 했지! 니 동생도 안 하는 행동을 하다니 니가 아직 애긴 줄 알아? 얼른 가서 침대에 눕지 못해!

은경은 인사도 제대로 못 하고 침대로 쫓겨 갔고 그 모습을 보며 준영은 어색한 웃음만 짓고 있을 수밖에 없었다.

소란스러움이 가라앉자 천(天)과 잠깐 서로의 안부를 묻고 본론으로 들어갔다.

─통신이 연결된 걸 보니 화(火)와도 곧 연결이 가능하겠네?

화(火)는 화성에 설치한 슈퍼컴퓨터의 이름이었다.

천(天)과 지(地)에 비해 인공지능을 낮춘 버전이긴 했지만 지구와 연결이 끊겨도 연결될 때까지 스스로 화성 기지를 발전시킬 수 있을 만큼은 되었다.

"응, 3일 정도면 가능할 거야."

─고생했네. 참, 미국과 중국, 영국, 프랑스와는 얘기가 잘 됐어. 러시아는 최근 직접 개발한 이온엔진에 희망을 거는 건지 시

간만 끌고 있고, 인도의 경우는 가격이 부담스러운지 깎아달라고 하고 있고.

"그럼 일단 미국과 중국, 영국, 프랑스에 이온엔진을 제공해. 우리 쪽에서 꽤 많은 양보를 하고 있음을 모르는 모양이네."

이온엔진을 사용한 대한민국의 우주왕복선이 화성에서 채취한 자원들을 지구에 옮기면서 진정한 우주식민지 시대가 시작되었음을 알리게 되었다.

만일 몇 년만 독점적으로 화성의 자원들을 나른다면 대한민국이 최고의 경제 대국이 되는 건 시간문제였다.

문제는 그걸 시기심이 가득한 시선으로 보는 나라가 있다는 것이었다.

군사력이 강해져 어느 나라와 붙어도 최소한 지지 않을 자신은 있었다. 그러나 군사 강국 모두를 상대하기에는 역부족이었다.

그래서 생각해 낸 것이 이온엔진의 판매였다.

판매 의사를 밝히자 그때까지 따가운 눈총을 보내던 강대국들이 흡사 사랑하는 연인처럼 대한민국을 쳐다보기 시작했다.

물론 그렇다고 싼 값에 줄 생각은 추호도 없었기에 꽤 큰돈을 요구했다. 물론 미래의 수익에 비하면 조족지혈의 수준이었지만 말이다.

그러니 싫다면 안 팔면 그만이었다.

"차라리 다른 나라를 알아봐. 아시아 쪽 나라 몇 군데를 묶어서 아예 우주선 정거장과 우주선을 임대할 수도 있다고 하면 당장에 참여하려고 할 거야."

—알았어. 그리고 일본에서도 이온엔진을 사고 싶다는 연락이 왔었어.

"됐다고 그래. 설마 판다고 한 건 아니지?"

—그럴 리가 없지. 글쎄, 절대 팔 생각이 없다고 하니까 과거 일제가 저지른 일에 대해서 사과와 배상을 하고 앞으로 독도에 대한 영유권 주장도 하지 않겠다고 약속하겠대.

"지랄, 개새끼들! 하여간 이제 안 되겠다 싶으니까 꼬리를 내리네. 사과를 받을 분들이 살아 계실 때 진즉에 사과를 하든가. 일본은 절대 안 돼! 정 사고 싶으면 대마도나 돌려달라고 그래."

—만약 대마도를 준다고 하면 팔 거야?

"아니, 그땐 정중히 거절해. 그리고 내가 살아 있는 동안 일본은 절대 우주로 진출 못 해."

달이든 화성이든 지구를 벗어나려는 우주선이 있다면 모조리 폭파시켜 버릴 생각이었다.

—언제 돌아올 생각이야?

"내일 도착하는 우주선이 지구로 출발할 때 가려고."

—한 달 정도 걸리겠네. 어쨌든 몸 조심히 잘 지내. 바람은 적당히 피고.

8년을 부부로 살다 보니 이젠 서로 못 하는 농담이 없을 정도가 되었다.

"훗! 네가 여기 상황을 모르나 본데. 여기에 여자는 없어. 여군이 있을 뿐이지."

─내일 도착하는 여군을 보고도 그런 말이 나오나 보자고.

"예뻐?"

─꽤. 망신당할 짓 하지 마.

"하더라도 다른 얼굴로 할 거야. 걱정 말고 쉬어."

장난스럽게 말을 받은 준영은 손 키스를 보내곤 전화를 끊었다.

"쩝! 괜히 쓸데없는 말을 해서는……."

준영은 헤드셋을 쓰고 스마트폰을 간단히 조작한 다음 침대에 누웠다.

석 달 가까이 독수공방을 하고 있었지만 딱히 문제될 것은 없었다. 준영에게는 가상현실 속 하렘이 있었기 때문이었다.

다음 날, 화성 궤도에 있는 우주정거장에 화물선이 도착했고 그중 일부가 분리되어 화성 기지로 내려왔다.

준영은 필요한 물자를 받아야 했기에 경호 로봇 두 대와 물건이 내려지길 기다리고 있었는데 도착한 사람들은 모두 여덟 명이었다. 이 중 여섯 명은 군인이었고 두 명은 연구소 직원이었다.

그들을 환영하는 행사를 지켜보는데 천(天)이 말한 예쁜 군인을 볼 수 있었다.

'오! 정말 예쁘게 생겼네.'

순수한 아름다움에 대한 표현이었을 뿐 딱히 감정이 있는 건 아니었다.

한데 행사가 간단히 끝난 후 예쁜 여군이 자신을 바라보더니 쭈뼛거리며 다가왔다.

그리곤 격납고가 울릴 정도로 큰 소리로 인사했다.

"충성! 소위 진수지, 안준영 대령님께 인사드립니다. 뵙게 되어서 영광입니다."

목소리에서 살짝 흥분했다는 것이 느껴졌다.

지금까지 간혹 자신을 보고 그러는 이들이 있었기에 준영은 개의치 않고 인사를 했다.

"반가워요, 진수지 소위님."

이것이 근 미래에 만들어질 대한우주전함의 초대 함장인 진수지와의 첫 만남이었다.

*　　　　*　　　　*

세계 1위의 경제 대국도, 군사 대국도, 복지국가도 아니지만 13년 전에 비하면 꽤 살 만한 나라가 되었다.

부정부패는 확연히 사라졌고, 국민들이 투표 성향이 확실히 바뀌게 되자 구태의연했던 정치인들도 사라졌다.

경제적으로는 대기업과 중소기업의 임금 차가 줄어들면서 취업 문제가 해소되었고, 오히려 이민을 받아야 하는 현상이 벌어지고 있었다.

준영이 노력한 결과든, 어느 정도 경제, 사회, 정치적으로 궤도에 오르자 자연적으로 그렇게 된 것이든 어쨌든 결과는 긍정적이었다.

그리고 화성에서 돌아온 준영은 더 이상 국가적인 일에 관여하지 않을 것임을 밝혔다.

물론 사업체에 대한 지원을 당장 끊는 것은 아니었고 여러 곳에 투입된 인원을 당장에 빼는 것도 아니었다. 다만 앞으로는 일을 벌이지 않고 차츰 줄여 나가겠다는 의미였다.

막상 13년 동안 해오던 일을 하지 않자 허전함과 함께 시간이 남을 것 같았지만 돌아보면 일은 넘쳐 났다.

―회장님, 성심금속에서 또 임금 투쟁이 일어났습니다.

성심금속은 외국 기업들이 들어와 인수해 오히려 재정 상태가 나빠진 기업으로, 준영이 사들인 곳이었다.

하지만 사들인 후부터 5년간 흑자인 적이 없었다.

회사가 어려운 상황임을 알면서도 성심그룹 계열사가 되어 돈 걱정은 없다고 생각했는지 매년 임금 투쟁이 벌어졌다.

준영은 솔직히 자신이 펼친 정책 때문에 생긴 피해자라는 마음이 있었기에 지금까지 묵묵히 끌고 왔다.

노력이라도 한다면 무기와 우주선에 쓰이는 금속을 맡기고 정상화시키겠지만 노력하지 않으니 준영도 더 이상은 관심이 없었다.

사실 성심엔지니어링만으로도 금속 조달은 충분히 가능했다.

"이봐요, 천 사장님. 회사의 사정에 대해 말해봤습니까? 그리고 이제 당신이 해결할 때도 되지 않았습니까? 당신에게 거액의 연봉을 주는 이유가 일이 생기면 저에게 전화하라고 주는 것 같습니까?"

―그게 아니라……

"됐습니다. 변호사 보낼 테니 성심금속 폐쇄에 협조하십시오."

―폐, 폐쇄를 하신다고요?

"인수할 때 계약서를 보세요. 인수 후 3년간 정상화되지 않으면 폐쇄하는 조건으로 인수를 했으니까요. 그렇게 알리고 협조하세요. 아니라면 오늘부로 사표를 쓰시든가요."

―제, 제가 설득을……

"제 결정에 번복은 없습니다."

준영은 전화를 끊고 곽용호 변호사에게 연락해 성심금속 폐쇄를 의뢰했다.

그는 안준영으로서 성심그룹을 컨트롤했고, 박준영으로서 퓨텍을 컨트롤했다.

웬만한 일은 모두 사장단들에게 맡겨두는 편이라 많진 않았지만 오전 시간이 훌쩍 갈 정도는 되었다.

"박상권 대통령에게 전화 왔어."

"없다고 그래."

"있는 거 안대. 안 받으면 찾아오겠대."

"쩝! 하여간 그 사람은 지치지도 않는가 봐."

받지 않으면 진짜 찾아올 사람이었다. 그리고 이제 대통령이 되었으니 경호원들까지 잔뜩 끌고 올 터였다.

어쩔 수 없이 전화를 받았다.

─꽤 고민을 했나 보군요.

"잘 아는 분이 웬일이십니까? 대통령에 당선되었을 때 이제 제가 할 일은 없다고 말씀드렸을 텐데요?"

─하하! 안 회장이 이 나라를 버리면 이 나라가 어떻게 되겠습니까?

"13년 동안 제가 없다고 쓰러질 정도로 키운 기억은 없는데요."

농담은 농담으로 받으면 그뿐이었다.

─쩝! 13년간 하셨으면서 냉정하시군요.

"대통령이 되시더니 많이 한가해졌나 봅니다. 이제 그만 본론을 말씀하시죠."

─허허, 그래야겠군요. 더 얘기했다간 끊으시겠군요. 다름이 아니라 성심금속을 폐쇄한다는 얘기가 있어 전화했습니다.

"절 도청하시는 겁니까?"

─그럴 리가요. 다만 안 회장의 주변인들을 제가 잘 알지 않습니까. 그러다 보니 남들보다 조금 빨리 듣게 되더군요.

두 시간 전에 말한 내용이 대통령 귀에 들어갔지만 회사 기밀도 아니었고 어차피 그도 알 일이었기에 딱히 기분 나쁠 건 없었다.

게다가 정보를 전달하는 이가 사장단 중에 누구라는 것도 알고 있었다.

그저 너무 깊게 파고들진 말라는 의미에서 경각심만 일깨워 준 것뿐이었다.

"그렇다고 해두죠. 한데 성심금속은 왜요?"

"꼭 폐쇄를 해야겠습니까? 성심그룹이라면 그들을 충분히 건사할 수 있지 않습니까?"

준영이 박상권을 좋아하는 이유는 일을 잘하면서도 측은지심이 있다는 점 때문이었다.

물론 무작정 좋아하는 것만은 아니었다.

오늘 같은 경우는 측은지심이라기보단 쓸데없는 오지랖이었다.

"그들이 그리 안타까우면 나랏돈으로 공기업을 만들면 되겠군요. 아니면 우주군에 대고 있는 자금을 그쪽으로 돌릴까요?"

─…역시 단칼에 거절이군요. 안 회장이라면 그 돈으로 어려운 학생들 장학금을 더 주겠다고 말할 줄 알았습니다.

"제가 말하지 않았습니까. 노력조차 하지 않고 남에게 기대려는 사람을 돕는 건 사치라고요. 대통령님 말씀처럼 그 편이 더 좋을 것 같군요."

─음, 그렇군요. 안 회장이 언급해서 하는 말은 아닙니다만… 혹시 대학교를 만들 생각은 없습니까? 대학들이 말을 듣지 않는군요.

"……."

하고 싶은 얘기가 결국 대학교 설립 얘기였나 보다.

욕이 목까지 올라왔다. 그러나 친하다고 하지만 대통령에게 욕을 하기엔 뭐했다.

―땅 걱정은 마시…….

뚝!

"앞으로 이 인간 전화 절대 받지 마. 아니, 아예 신호 자체가 오지 않게 만들어야겠어."

대통령이 되더니 더 능글능글해졌다.

아무래도 인연을 끊어야 할 모양이었다.

*   *   *

두 가구 생활은 아이들이 커 갈수록 힘들어질 수밖에 없었다.

일주일씩 돌아가며 최선을 다한다고 하지만 아이들 입장에서는 그리 좋은 아빠가 아니었다.

낮엔 덥고 아침저녁으론 다소 쌀쌀한 5월.

준영은 아이들을 일찍 재우고 간만에 능령과 함께 술 한잔하기 위해 밖으로 나왔다.

"간만에 삼겹살에 소주 한잔할까?"

"응."

중국 바이어들을 상대하며 도수 높은 백주, 홍주를 글라스로 마시는 능령이 술은 훨씬 셌다.

많은 사람들로 북적이는 가게의 한쪽에 앉아 음식을 주문하고 기다릴 때였다.

"여어! 오랜만이다. 제수씨, 오랜만이에요."

누군가가 반갑게 인사를 하며 다가왔는데 하트홀릭의 형석이었다.

하트홀릭은 2년 전 밴드 활동을 멈추고 각자 활동을 하고 있었는데, 형석의 경우는 작은 엔터테인먼트 회사를 만들어 운영하고 있었다.

"오랜만이에요, 형. 한데 여긴 어쩐 일이세요?"

"어쩐 일은. 여기 예술가의 거리에 괜찮은 밴드가 있다고 해서 잘 하면 계약할까 하고 왔지."

"그래서 마음에 들어요?"

"실력은 그럭저럭 괜찮은데 방송 쪽으로는 좀 힘들겠더라. 어설프게 계약하면 그들도 나도 힘들 것 같아서 계약은 포기하고 저녁이나 먹이고 보냈다."

"사업은 잘 돼요?"

"잘 됐으면 그냥 보냈겠니? 방 한 칸 마련해 주고 키워봤겠지. 한 잔 따라봐라."

아예 자리를 차지하고 앉는 형석.

능령을 보자 그녀는 상관없다는 듯 어깨를 으쓱거렸다. 그러곤 천(天)에게 전화를 걸어 나오라고 했다.

"어려우면 전화하지 그랬어요."

"한동안 벌어놓은 거 있잖아. 그리고 많진 않지만 음원 수입도 있고. 아! 맞다. 형들이 슬슬 다시 밴드 활동을 하고 싶어 하는 눈치더라. 그래서 조만간 자리 만들어서 의향들을 물어보려고."

"전 찬성해요. 예전처럼 형들 못 쫓아다니지만 세계 투어도 한번 해야죠."

"이젠 예전처럼 못 하지. 예전엔 참… 재미있었는데 말이야."

능령의 눈치를 살짝 보며 조심스럽게 말하는 형석. 그러다 무슨 생각을 했는지 전화기를 꺼냈다. 그러곤 하트홀릭 멤버들에게 전화를 걸었다.

"창욱이 형, 저 형석이요. 지금 준영이랑 만났어요. 혹 시간 되시면 다른 형들이랑 오세요. 여기, 가평 영상의 도시 8지역 음식점 거리예요."

통화 내용을 듣던 준영이 어이없다는 듯 말했다.

"헐, 서울에서 오면 12시가 넘어요."

"어때서. 언제는 시간 생각하면서 놀았냐? 봐봐, 니가 있다니까 당장 오겠다잖아. 이 형들도 육아에 지쳐서 탈출구가 필요한 거라고."

밤늦게 부르는 사람이나 오겠다는 사람이나 똑같았다. 오붓한 데이트는 이미 물 건너갔기에 준영은 포기를 했다.

"어, 형님!"

게다가 경민이가 부모님—허가량 부부—과 함께 삼겹살 집으로 들어오다 준영을 발견하곤 옆자리에 앉았다.

"형님, 결혼식 때 뭘 돈을 그리 많이 넣으셨어요?"

"참석 못 해서 미안한 마음에 넣었다. 그건 그렇고, 와이프는 어쩌고?"

"친정에 일이 있어 갔어요. 그래서 부모님과 삼겹살이나 먹을까 하고 온 거예요."

"그냐? 이왕 이렇게 된 거 합석해서 먹자."

아는 사람들을, 더구나 한 명도 아닌 두 명을 만나다니 아무래도 오늘 무슨 날이긴 날인가 보다.

"참, 형님, 현수 아시지 말입니다."

"알다마다. 네 단짝이었잖아. 근데 걘 어디서 뭐 하고 산대냐?"

"걔, 졸업하고 중소기업에 들어갔었습니다. 그 뒤로 연락이 끊겼다가 최근 다시 만났는데 글쎄 구성그룹 스튜디오에 스카우트되어 이 근처에 있답니다. 전화해 봐도 되겠습니까?"

"응, 볼 수 있으면 간만에 얼굴이나 보자고 해봐라. 그리고 너 제발 말투 좀 고쳐라."

경민의 말투는 10여 년 전이나 지금이나 변함없이 불편하게 하는 뭔가가 있었다.

가장 먼저 도착한 사람은 헬기를 타고 온 천(天)이었는데, 그녀는 지(地)의 가족과 대동하고 있었다.

자리의 분위기에 다소 얼떨떨해하던 지(地)가 옆에 앉으며 말했다.

"너 진짜 대단하다. 무슨 재벌 중의 재벌이 파티를 삼겹살 집에서 하냐?"

"…파티 아니거든."

"그럼 진짜 삼겹살 먹으러 오라는 거였단 말이야?"

비아냥거리는 말투에 꾹 참으며 왜 데리고 왔냐는 눈빛으로 천(天)을 보자 그녀가 능령을 보며 말했다.

"나도 들은 대로 말했을 뿐이야."

"대지 씨, 미안해요. 언니랑 간만에 만나서 얘기나 하려 불렀는데 전달 과정에서 실수가 있었나 봐요."

"이게 어디 제수씨 잘못인가요. 다 개념 없는 사람 때문이죠. 그나저나 큰일 났네. 아는 연예인들한테 재벌이 삼겹살을 어떻게 먹는지 보여주겠다고 이리로 오라고 했는데……."

지(地)를 향해 눈을 부릅떴지만 그는 시선을 피하며 능령과 얘기할 뿐이었다.

갑자기 늘어나는 사람들도 사람들이지만 파티를 안 하면 안 될 분위기로 흘러가고 있었기에 결국 준영과 능령은 파티를 하기로 마음먹었다.

그룹 차원이든 개인적으로든 1년에 수많은 행사를 여는데, 그것을 대행해 주는 업체가 여러 군데 있었다.

준영은 그곳에 전화를 해 평소 가격의 세 배를 불러 8지역 외곽에 있는 저택에 파티 준비를 부탁했고 능령은 명천호텔에 전화해 요리사들과 요리 재료들을 공수해 올 것을 명령했다.

전화를 끊은 준영이 능령을 보며 말했다.

"한밤중에 이게 뭐하는 짓인지 모르겠네."

"호호. 그래도 이거 나름대로 재미있지 않아?"

"돌발적인 파티라… 이왕 시작한 거 화끈하게 해볼까나."

파티가 대충이나마 준비가 된 것은 밤 12시가 넘어서였다.

현수도, 하트홀릭도, 지(地)가 부른 연예인들까지 속속 도착하면서 서서히 파티 분위기가 났고 시간이 지날수록 파티는 완성되어 갔다.

"여기서 파티를 한다고 해서 왔습니다!"

8지역 주택단지는 원래부터 각종 파티가 끊이지 않고 계속되는 곳이었다.

준영은 관리사무소에 연락해 위치와 파티가 있음을 알렸고 그에 수많은 파티족들이 몰려들었다.

하트홀릭이 즉석 공연을 하고 지(地)가 초대한 연예인들이 분위기를 띄우자 차츰 달아오르기 시작했다.

불꽃놀이가 펼쳐졌고, 저택을 가득 채우는 시끄러운 음악 소리, 그리고 여기저기 술잔을 부딪치며 흥겨워하는 사람들.

준영은 파티장이 한눈에 보이는 저택 옥상 테라스에 앉아 즐겁게 웃고 떠드는 사람들을 흐뭇한 표정으로 바라보고 있었다.

어느새 준영의 나이, 30대 중반.

열심히 살아온 만큼 때론 열심히 놀았다. 그래서일까 이제 직접 노는 것보다 바라보는 것만으로도 충분했다.

"여기 있었네?"

뒤돌아보니 능령과 천(天)이 양손에 두개의 잔을 든 채 서 있었다.

두 사람이 동시에 들고 있던 잔을 내밀었다.

준영은 망설이지 않고 양손으로 두 개의 잔을 받아 두 사람과 건배를 했다.

잔을 비운 준영은 빈 잔을 한쪽에 놓고 능령과 천(天)의 허리를 감싸며 중얼거렸다.

"앞으로 행복하게 살자."

"응!"

"응!"

준영은 많은 것을 바라지 않았다.

그저 지금까지처럼 하루하루 열심히 살아가길 바랐다. 그리고 죽는 순간까지 사랑하는 이들과 함께이길 바랐다.

오늘따라 유난히 별이 반짝인다.

13장
Extra

쉬이이이이익!

바람 빠지는 듯한 소리에 깨어났다.

'춥다' 라는 생각이 가장 먼저 들었고 비로소 내 몸을 인지하게 되었는데 어떤 것에 묶여 있는 듯 옴짝달싹할 수 없었다.

곧 따뜻한 바람이 불어왔다. 따뜻한 바람은 몸뿐만 아니라 얼어 있던 머리도 녹여주는 듯했다.

난 누구? 여긴 어디?

짤막한 의문이 들었고 머리가 아주 천천히 기능을 찾아가며 해답을 말해줬다.

준영. 캡슐 속.

"…캐 …ㅂ …슐?"

따뜻한 바람에 입이 열리고 서서히 눈이 떠졌다.

가장 먼저 보이는 건 최소한의 부분만 가리고 캡슐 속에서 깨어나고 있는 여자.

그리고 그 옆의 남자……

너무나 자연스럽게 현 상황을 이해했다.

나 또한 맞은편의 사람들처럼 장거리 우주여행을 위한 생명 유지 캡슐에서 깨어나고 있는 것이었다.

지이이잉!

몸의 감각이 돌아오고 몸을 움직일 수 있게 되자 캡슐의 문이 열렸다.

그와 동시에 안내 멘트가 들려왔다.

대한제국 식민지 행성인 JY—217에 오신 여러분을 환영합니다. 이 행성은 성심그룹 고(故) 안준영 회장님께서 80년 전에 발견한 별로 '하렘'이라는 별칭을 가지고 있습니다. 이제부터 여러분들은……

안내 멘트는 고요한 물 위에 떨어진 물방울처럼 뇌에 파문을 일으키기에 충분했다.

"내가 분명 생을 연장하지 않겠다고 몇 번이나 말했는데……"

빌어먹을! 모든 기억이 돌아왔다.

"…그리고 이건 내가 원하던 하렘이 아니잖아!"

전혀 반갑지 않은 다음 생이 시작된 것이다.

『개척자』 완결

후기

　가장 먼저, 끝까지 읽어주신 분들께 진심으로 감사하다는 말씀드리고 싶습니다.

　「복수의 길」에 이어 두 번째 글이라 조금 욕심이 과해 많은 것을 담아내려다 보니 오히려 글이 산만해지지 않았나 자평을 해봅니다.

　영망이었든 어쨌든 드디어 개척자가 끝이 났습니다.

　저에겐 참 많은 것을 느끼게 해준 시간이었고 그저 감사하다는 마음뿐입니다.

　소중한 의견을 주신 분들, 아무 말씀 없이 끝까지 달려와 주신 분들, 누구신지 모르지만 고개 숙여 감사하다고 전하고 싶습니다.

누군가에게 감사의 마음을 전하는 것이 이토록 어렵군요.
ㅠㅠ (마음은 가득한데 표현이…….)

다음엔 좀 더 쉬운 글, 더 재미있는 글을 써서 독자제현과
만났으면 하는 바람입니다.
그럼 다시 만나는 그날까지 언제나 건강하시고 평안하시길
진심으로 빌겠습니다.
끝으로 제 글에 대해 아낌없이 조언을 해주신 청어람 편집
부의 권 부장님과 기획팀장인 박 팀장님께 감사드립니다.

강준현 올림

초대형 24시 만화방

신간 100%, 샤워실, 흡연실, 수면실(침대석), 커플석, 세탁기 완

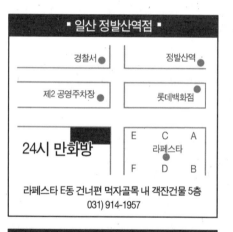

■ 일산 정발산역점 ■

경찰서 ● 　　　 정발산역 ●

제2 공영주차장 ● 　　 롯데백화점 ●

24시 만화방 　　 E　C　A
　　　　　　　　 라페스타
　　　　　　　　 F　D　B

라페스타 E동 건너편 먹자골목 내 객잔건물 5층
031) 914-1957

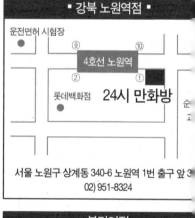

■ 강북 노원역점 ■

운전면허 시험장
●
　　　　 ⑨　　　　　 ⑩
　　　 4호선 노원역
　　　　 ②　　　　　 ①
롯데백화점 　　 24시 만화방
●

서울 노원구 상계동 340-6 노원역 1번 출구 앞 3
02) 951-8324

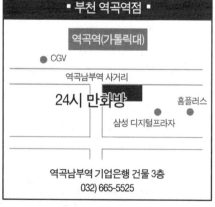

■ 부천 역곡역점 ■

역곡역(가톨릭대)

● CGV

역곡남부역 사거리

24시 만화방 　　　　 홈플러스 ●

삼성 디지털프라자 ●

역곡남부역 기업은행 건물 3층
032) 665-5525

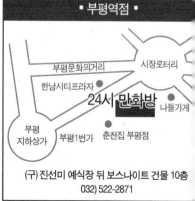

■ 부평역점 ■

부평문화의거리 　 시장로터리
한남시티프라자 ●
24시 만화방 　　 나들가게

부평
지하상가 　 부평1번가 　 춘천집 부평점

(구) 진선미 예식장 뒤 보스나이트 건물 10층
032) 522-2871

월야환담

채월야 · 홍정훈 장편 소설

"미친 달의 세계에 온 것을 환영한다!"

서울을 중심으로 펼쳐지는 뱀파이어, 그리고 뱀파이어 사냥꾼들의 이야기!
한국형 판타지의 신화, 월야환담 시리즈 애장판
그 첫 번째 채월야!

Book Publishing CHUNGEORAM

유행이 아닌 자유추구 -
WWW. chungeoram.com

박선우 장편 소설
FUSION FANTASTIC STORY

PERFECT GAME
퍼펙트 게임

고통과 좌절의 시간들을 뛰어넘어
불사조처럼 일어나 세계를 제패한 사나이의 일대기.

대한민국을 넘어 메이저리그를 평정하며
명예의 전당에 헌정된 언터처블 투수, 이강찬.

강철 같은 어깨에서 뿜어져 나오는 그의 패스트볼은
무적이었으며 야구계에 길이 남을 **신화**였다.

야구만을 사랑했던 고독한 사나이.
그의 퍼펙트게임이 이제 시작된다!

Book Publishing CHUNGEORAM

유행이 아닌 자유추구 -
WWW.chungeoram.com